Bianca

Dudas del pasado
Anne McAllister

Harlequin

Editado por HARLEQUIN IBÉRICA, S.A.
Núñez de Balboa, 56
28001 Madrid

I.S.B.N.: 978-84-9000-867-6
Depósito legal: B-35523-2011
Editor responsable: Luis Pugni
Preimpresión y fotomecánica: M.T. Color & Diseño, S.L.
C/ Colquide, 6 portal 2 - 3º H. 28230 Las Rozas (Madrid)
Impresión en Black print CPI (Barcelona)
Fecha impresion para Argentina: 4.6.12
Distribuidor exclusivo para España: LOGISTA
Distribuidor para México: CODIPLYRSA
Distribuidores para Argentina: interior, BERTRAN, S.A.C. Vélez
Sársfield, 1950. Cap. Fed./ Buenos Aires y Gran Buenos Aires,
VACCARO SÁNCHEZ y Cía, S.A.
Distribuidor para Chile: DISTRIBUIDORA ALFA, S.A.

Capítulo 1

CUANDO esa noche sonó el teléfono, Sophy contestó lo antes que pudo, pues no quería que despertara a Lily, que acababa de quedarse dormida por fin.

La fiesta del cuarto cumpleaños de su hija las había agotado a las dos. Lily, normalmente una niña alegre y tranquila, llevaba días agitada pensando en la fiesta. Cinco amiguitas suyas y sus madres habían estado con ellas, primero en la playa y después en una merienda en la casa, seguida de helado y tarta.

Lily se había divertido y había declarado que la fiesta había sido «la mejor del mundo». Y después había necesitado un baño caliente, acurrucarse un rato en brazos de Sophy con su nueva perrita de peluche y seis cuentos para tranquilizarse lo suficiente para quedarse dormida.

Ahora estaba en su cama, pero aferrada todavía a la perrita Chloe. Y con toda la casa en desorden, Sophy no quería que se despertara. Por eso contestó el teléfono al primer timbrazo.

—¿Diga?

—¿Señora Savas?

Era una voz de hombre que no conocía, pero fue el nombre lo que le produjo un sobresalto. Por supuesto, Natalie, su prima y socia, era la señora Savas desde su matrimonio con Christo el año anterior, pero Sophy no estaba acostumbrada a que llamaran a su casa preguntando por ella. Vaciló un segundo y dijo con firmeza:

–No, lo siento, se equivoca de número. Llame en horas de trabajo y podrá hablar con Natalie.

–No. No quiero hablar con Natalie Savas –repuso el hombre con la misma firmeza–; quiero hablar con Sophia Savas. ¿Éste es el...? –leyó el número de teléfono.

Sophy apenas lo oyó. Sophia Savas había sido su nombre en otro tiempo y durante unos meses.

De pronto no pudo respirar; se sentía como si le hubieran dado un puñetazo. Se sintió sin palabras.

–¿Oiga? ¿Está ahí? ¿Tengo el número correcto?

Sophy respiró con fuerza.

–Sí –le alivió ver que no tartamudeaba. Su voz sonaba tranquila y serena–. Soy Sophia, Sophia McKinnon –corrigió–, antiguamente Savas.

–¿La esposa de George Savas?

Sophy tragó saliva.

–Sí.

No. ¿Quizá? Desde luego, no creía que siguiera siendo esposa de George. Le daba vueltas la cabeza. ¿Cómo podía no saber eso?

George podía haberse divorciado de ella en cualquier momento de los últimos cuatro años. Ella había asumido que lo había hecho, aunque nunca había recibido ningún papel. En realidad, no había pensado en ello porque había intentado no pensar en George.

No debería haberse casado con él. Eso lo sabía. Todo el mundo sabía eso. Además, por lo que ella respectaba, un divorcio era irrelevante en su vida, pues no tenía intención de volver a casarse.

Aunque quizá George sí.

Agarró el auricular con fuerza y sintió frío de pronto. Le sorprendió sentir un dolor sordo en la proximidad del corazón, aunque se aseguró a sí misma de que no le importaba. Le daba igual que George se fuera a casar.

Pero no pudo evitar preguntarse si él se habría enamorado por fin.

Desde luego, ella no había sido la mujer de sus sueños. ¿Había conocido ya a esa mujer? ¿La llamada se debía a eso? ¿Aquel hombre podía ser su abogado y llamaba por el divorcio?

Tragó saliva y se recordó que a ella le daba igual. George no le importaba. Su matrimonio no había sido real.

Y su reacción se debía sólo a que la llamada la había pillado desprevenida.

Respiró hondo.

—Sí, así es, Sophia Savas.

—Soy el doctor Harlowe. Lamento decirle que ha habido un accidente.

—¿Estás segura? —preguntó Natalie. Su esposo y ella habían acudido inmediatamente después de que Sophy los llamara y ahora la observaban preparar una bolsa de viaje e intentar pensar lo que tenía que llevarse—. ¿Te vas a ir a Nueva York? Está en el otro extremo del país.

—Sé dónde está. Y sí, estoy segura —contestó Sophy con más determinación de la que sentía—. Él cumplió conmigo, ¿no?

—Bajo presión —le recordó Natalie.

—Cierto —repuso Sophy.

En aquel encuentro habría también presiones, pero tenía que hacerlo. Metió unas deportivas en la bolsa. Una cosa que sabía de sus años en Nueva York era que tendría que andar mucho.

–Yo creía que estabais divorciados –dijo Natalie.

–Yo también. Bueno, nunca firmé ningún papel, pero... –Sophy se encogió de hombros–. Supongo que pensé que George se ocuparía de eso.

Desde luego, se había ocupado de todo lo demás, incluido cuidar de Lily y de ella, pero George era así.

–Oye –cerró la bolsa y miró a su prima–. Si hubiera algún modo de no hacer esto, créeme que no iría. No lo hay. Según los papeles de George en su ficha de Columbia, soy su pariente más próxima. Él está inconsciente y puede que tengan que operar. No conocen la extensión de sus heridas, pero si las cosas salen mal... –se interrumpió, incapaz de admitir en voz alta la posibilidad que le había contado el doctor.

–Sophy –la voz de Natalie contenía una advertencia gentil.

Sophy tragó saliva y enderezó los hombros.

–Tengo que hacerlo –dijo con firmeza–. Cuando estaba sola, antes de que naciera Lily, él estuvo ahí –era verdad. Se había casado con ella para darle un padre a Lily, para darle a su hija el apellido Savas–. Se lo debo. Voy a pagar mi deuda.

Natalie la miró dudosa, pero asintió.

–Supongo que sí –musitó. Agitó una mano en el aire con impaciencia–. ¿Pero qué hombre adulto se deja atropellar por un camión?

Un físico demasiado distraído pensando en átomos para mirar por dónde iba. Pero Sophy no dijo eso en voz alta.

–No sé –contestó–. Sólo sé que os agradezco que lo hayáis dejado todo para venir a quedaros con Lily. Os llamaré por la mañana. Podemos hacer una video-conferencia. Así me verá Lily y no será tan brusco. Odio marcharme sin decirle adiós.

En cuatro años, nunca se había separado de ella más de unas horas. Ahora sabía que, si la despertaba, acabaría llevándosela consigo. Y ésa era una caja de Pandora que no tenía intención de abrir.

–Estará bien –le aseguró Natalie–. Tú vete. Haz lo que tengas que hacer. Y cuídate.

–Sí, por supuesto, estaré bien –Sophy tomó su maletín y Christo la bolsa de viaje.

Sophy pasó un momento al cuarto de su hija y la vio dormir con el pelo revuelto y los labios entreabiertos. Se parecía a George.

Mejor dicho, se parecía a los Savas. Que era lo que era. George no tenía nada que ver con eso. Pero mientras se decía eso, miró la foto de la mesilla, una foto de Lily bebé en brazos de George.

Aunque Lily no se acordaba de él, sí sabía quién era. Había preguntado por él desde que había descubierto que existían los padres.

–¿Quién es mi papá? ¿Por qué no está aquí? ¿Cuándo volverá?

Muchas preguntas.

Preguntas para las cuales su madre tenía respuestas muy pobres.

¿Pero cómo explicarle a una niña lo que había pasado? Ya era bastante difícil explicárselo a sí misma.

Había hecho lo que había podido. Le había dicho a Lily que George la quería. Sabía que eso era cierto. Y le había prometido que algún día lo conocería.

–¿Cuándo? –había preguntado su hija.

–Más tarde. Cuando seas más mayor.

Todavía no. Y sin embargo, en la mente de Sophy se coló un pensamiento. ¿Y si él moría?

¡Imposible! George siempre había parecido fuerte, indestructible.

¿Pero qué sabía ella en realidad del hombre que había sido su esposo tan poco tiempo? Sólo había creído saber...

¿Y qué hombre, por fuerte que fuera, podía sobrevivir a un camión?

–¿Sophy? –susurró Natalie desde la puerta–. Christo espera en el coche.

–Voy –Sophy dio un beso leve a su hija, le pasó la mano por el pelo sedoso, respiró hondo y salió de la habitación.

Natalie la miraba con preocupación. Sophy sonrió.

–Volveré antes de que te des cuenta.

–Pues claro que sí –Natalie sonrió a su vez y la abrazó con fiereza–. No lo amas todavía, ¿verdad?

Sophy se apartó y negó con la cabeza.

–No –no podía–. Claro que no.

No le daban analgésicos.

Lo cual estaría bien, a pesar del golpeteo feroz de la cabeza y de lo que le dolía mover la pierna y el codo, si al menos le dejaran dormir.

Pero tampoco hacían eso. Siempre que se quedaba dormido, se inclinaban sobre él, pinchando y hurgando, hablando con voz de profesores de preescolar, poniéndole luces en los ojos, preguntándole su nombre, cuántos años tenía o quién era el presidente.

Aquello era estúpido. Él apenas si recordaba su edad ni quién era el presidente cuando no lo había atropellado un camión.

Si le preguntaran cómo calcular la velocidad de la luz o cuáles eran las propiedades de los agujeros negros, podría contestar en un abrir y cerrar de ojos. Podría hablar de eso horas, o habría podido si hubiera sido capaz de mantener los ojos abiertos.

Pero nadie le preguntaba eso.

Se marcharon un rato, pero regresaron con más agujas. Le hacían ecografías, análisis, murmuraban, hacían muchas más preguntas interminables mirándolo expectantes y fruncían el ceño cuando no conseguía recordar si tenía treinta y cuatro años o treinta y cinco.

¿A quién narices le importaba eso?

Al parecer, a ellos.

–¿En qué mes estamos? –preguntó. Su cumpleaños era en noviembre.

Ellos parecieron sorprendidos.

–No sabe qué mes es –murmuró una; y tomó notas urgentes en su portátil.

–No importa –murmuró George con irritación–. ¿Jeremy está bien?

Aquello era lo único que importaba en ese momento. Era lo que veía siempre que cerraba los ojos... a su vecinito de cuatro años corriendo a la calle detrás de su pelota. Eso y, por el rabillo del ojo, al camión que se acercaba a él.

–¿Cómo está Jeremy? –volvió a preguntar.

–Está bien. Apenas tiene un arañazo –dijo un doctor, poniéndole una luz en los ojos–. Ya se ha ido a casa. Mucho mejor que tú. Estate quieto y abre los ojos, George, maldita sea.

George suponía que Sam Harlowe tendría normalmente más paciencia con sus pacientes. Pero los dos se conocían desde la escuela primaria. Ahora Sam le agarró la barbilla y volvió a ponerle una luz en los ojos. El dolor de cabeza de George se acentuó. Apretó los dientes.

—Mientras Jeremy esté bien... —dijo. En cuanto Sam le soltó la barbilla, apoyó la cabeza en la almohada y cerró intencionadamente los ojos.

—Muy bien. Haz el idiota –gruñó Sam–. Pero te vas a quedar aquí y vas a descansar. Entre a verlo de modo regular —ordenó a una enfermera–. E infórmeme de cualquier cambio. Las próximas veinticuatro horas son críticas.

George abrió los ojos.

—Creí que habías dicho que estaba bien.

—Él sí. Tú todavía no se sabe –gruñó Sam–. Volveré.

George lo miró alejarse enojado. Después fijó la vista en la enfermera.

—Usted también puede irse –ya estaba harto de preguntas. Además, la cabeza le dolía menos si cerraba los ojos, cosa que hizo.

Probablemente se quedó dormido, porque lo siguiente de lo que tuvo conciencia fue de que otra enfermera distinta le daba la lata.

—¿Cuántos años tiene, George?

Él la miró de mala gana.

—Demasiados para andar con estos juegos. ¿Cuándo puedo irme a casa?

—Cuando haya jugado a estos juegos –repuso ella con sequedad.

Él sonrió.

–Voy a cumplir treinta y cinco. Estamos en octubre. Esta mañana he desayunado copos de avena. A menos que ya sea mañana.

–Lo es.

–Entonces puedo irme a casa.

–Sólo cuando lo diga el doctor Harlowe –ella le tomaba la presión arterial y no alzó la vista. Cuando terminó, dijo–: Me han dicho que es usted un héroe.

–No creo.

–¿No le salvó la vida a un niño?

–Le di un empujón.

–Para que no lo matara un camión. Yo a eso lo llamo «salvar». Tengo entendido que él sólo tiene unos arañazos.

–Lo mismo que tengo yo –señaló George–. Así que también debería irme a casa.

–Y se irá. Pero las heridas en la cabeza pueden ser graves.

Por fin lo dejaron solo. A medida que avanzaban las horas, los ruidos del hospital se fueron acallando. Disminuyó el rodar de carritos en los pasillos, pero el golpeteo de su cabeza no. Era incesante.

Siempre que se quedaba dormido, se movía. Le dolía. Cambiaba de posición. Encontraba un punto que parecía mejor, se quedaba dormido y volvían a despertarlo. Cuando dormía era sin descansar. Imágenes y recuerdos de Jeremy atormentaban sus sueños. Veía también el camión. Y los rostros agradecidos de los padres de Jeremy.

–Podíamos haberlo perdido –Grace, la madre había llorado antes al lado de su cama.

Y el padre, Philip, le había apretado la mano y repetido una y otra vez:

–No tienes ni idea.

Pero George sí la tenía. Otros recuerdos e imágenes se mezclaban con los de Jeremy. Recuerdos de una niñita minúscula y morena. Su primera sonrisa. Una piel suave como pétalos. Ojos confiados.

Ahora tenía la edad de Jeremy. Era lo bastante mayor para salir corriendo a la calle como había hecho éste. Intentó no pensar en ella. Hacía que le doliera la garganta y le ardieran los ojos. Los cerró una vez más e intentó desesperadamente quedarse dormido.

No supo cuánto tiempo consiguió dormir por fin. La cabeza le dolía todavía cuando la primera luz del amanecer se filtró por la ventana.

Oyó pasos en la habitación. La voz de la enfermera hablando bajo, un murmullo de respuesta, el ruido de unos pies y el de una silla.

Pensó que quería que lo dejaran en paz y no lo tocaran. No quería que le hicieran más preguntas. No quería contestar.

Quería volver a dormir. Pero esa vez no quería tener recuerdos. La enfermera se marchó, pero intuía que no estaba solo.

¿Había vuelto Sam y estaba ahora allí de pie mirándolo en silencio?

Era una de las tonterías que hacían de niños para asustarse. Seguramente Sam ya no haría esas cosas.

George se movió... e hizo una mueca cuando intentó ponerse de lado. El hombro le dolía a rabiar. Todos los músculos de su cuerpo protestaron. Si Sam creía que aquello tenía gracia...

Abrió los ojos y todo su ser se sobresaltó.

En la habitación no estaba Sam, sino una mujer.

George contuvo el aliento. Creía que no había hecho ruido, pero algo debió de alertarla, pues ella, que estaba sentada al lado de su cama mirando por la ventana, se volvió despacio y sus ojos se encontraron.

Por primera vez en casi cuatro años, estaba cara a cara con Sophy, con su esposa.

¿Esposa? Ja.

Habían ido juntos a un juzgado de Nueva York y tenían un documento legalmente vinculante, pero nunca había sido nada más que un trozo de papel.

Para ella no.

George se dijo con firmeza que para él tampoco, pero el dolor que sentía era de pronto distinto al anterior. Se resistió. No quería que le importara. Y, desde luego, no quería sentir.

Lo último que necesitaba en ese momento era tener que lidiar con Sophy. Apretó los dientes involuntariamente, lo que hizo que la cabeza le doliera aún más.

–¿Qué haces aquí? –preguntó. Su voz sonaba dura, ronca por los tubos y por el aire seco del hospital. La miró de hito en hito con aire acusador.

–Obviamente, irritarte –el tono de ella era suave, pero su mirada traslucía preocupación. Se encogió de hombros–. Me llamaron del hospital. Tú estabas inconsciente y necesitaban el permiso del pariente más próximo para lo que pensaran que necesitaban hacer.

–¿El tuyo? –George la miró con incredulidad.

–Eso mismo dije yo cuando me llamaron –admitió Sophy. Cruzó las piernas y se recostó en la silla.

Llevaba pantalones negros de punto y un suéter verde oliva. Una ropa muy profesional, muy de trabajo; muy alejada de los vaqueros, sudaderas y las blusas de maternidad que él recordaba. Sólo su pelo de color cobrizo seguía siendo el mismo, y sus mechones rojizos brillaban como monedas nuevas en el sol de la mañana. George se recordó pasando los dedos por él, enterrando el rostro en él. Recuerdos con los que no quería lidiar.

—Al parecer, nunca te divorciaste de mí —ella lo miró con aire interrogante.

George apretó la mandíbula.

—Pensaba que te habrías encargado tú de eso —replicó. Después de todo, había sido ella la empeñada en separarse.

Cerró los ojos, pero la cabeza le dolía con fuerza y, cuando volvió a abrirlos, descubrió que Sophy negaba con la cabeza.

—No lo necesitaba —repuso—. Desde luego, no pensaba volver a casarme.

Y él tampoco. Se había dejado engañar una vez por el matrimonio y no deseaba volver a pasar por eso. Pero no tenía intención de hablar de aquello con Sophy. Ni siquiera podía creer que ella estuviera allí. Quizá el golpe en la cabeza le producía alucinaciones.

Probó a cerrar los ojos de nuevo y desear que se fuera. No hubo suerte. Cuando volvió a abrirlos, ella seguía allí.

Ser atropellado por un camión era poca cosa comparado con tener que lidiar con Sophy. Necesitaba de todo su control y compostura. Se colocó de espaldas e hizo una mueca cuando intentó incorporarse sobre las almohadas.

—No creo que sea buena idea —comentó ella.

No lo era. Cuanto más se acercaba a la vertical, más sentía que la mitad superior de su cabeza se iba a desprender. Por otra parte, no quería lidiar con Sophy desde una posición de debilidad.

–Tienes que descansar –comentó ella.

–Llevo toda la noche descansando.

–Eso lo dudo mucho –repuso ella–. La enfermera ha dicho que estabas muy agitado.

–Prueba a dormir con gente haciéndote preguntas.

–Tienen que seguir observándote; tienes una conmoción y un hematoma subdural. Por no hablar –añadió ella, que lo miraba como si fuera un bicho desagradable clavado a un papel– de que parece que hayas pasado por una trituradora de carne.

–Gracias –murmuró George. Le dolía, pero siguió incorporándose. Quería agarrarse la cabeza con las manos, pero en su lugar agarró la ropa de la cama hasta que sus nudillos se pusieron blancos.

–¡Por el amor de Dios, para ya! Túmbate o llamo a la enfermera.

–Adelante –contestó él–. Puesto que ya es por la mañana y sé cómo me llamo y cuántos años tengo, quizá me dejen salir de aquí por fin e irme a casa. Tengo cosas que hacer. Clases. Trabajo.

Sophy alzó los ojos al cielo.

–Tú no vas a ninguna parte. Tienes suerte de no estar en el quirófano.

–¿Y por qué iba a estarlo? –él hizo una mueca–. No tengo huesos rotos –estaba ya medio sentado, así que dejó de incorporarse y alzó el brazo para mirar su reloj. El brazo estaba desnudo excepto por el tubo intravenoso que llevaba en el dorso de la mano–. ¡Maldita sea! ¿Qué hora es? Mañana tengo una clase que hace un experimento. Tengo que ir a trabajar –«necesito alejarme de esta mujer o abrazarla y retenerla con fuerza».

Sophy movió la cabeza.

–Eso no va a ocurrir.

Por un terrible momento, George creyó que ella respondía al pensamiento que se había formado en su cabeza. Luego comprendió que hablaba de que él no iba a ir a trabajar y respiró aliviado.

–El mundo no se para porque una persona tenga un accidente –dijo con irritación.

–El tuyo casi se paró.

La franqueza del comentario de ella fue como un puñetazo en el estómago. Y también el cambio súbito en la expresión de Sophy cuando lo dijo. Parecía atónita.

–¡Por poco te mueres, George! –casi hablaba como si le importara.

Él se encogió de hombros.

–Pero no fue así.

De todos modos, sabía que ella decía la verdad. El camión era lo bastante grande y se movía lo bastante deprisa. Si él hubiera ido medio paso más lento, probablemente habría muerto.

¿La habrían llamado si hubiera pasado eso? ¿Habría ido ella a organizar su entierro?

No se lo preguntó. Sabía que Sophy no lo quería, pero tampoco lo odiaba.

En otro tiempo incluso había creído que tenían una posibilidad de hacer que funcionara el matrimonio, que ella podía llegar a amarlo.

–¿Qué pasó? –preguntó ella–. La enfermera dice que te atropellaron por salvar a un niño.

A él le sorprendió que hubiera preguntado. Pero probablemente había querido saber por qué la habían buscado y hecho ir allí. No tenía nada que ver con que se interesara por él.

–Jeremy –confirmó George–. Tiene cuatro años. Vive en mi calle. Yo volvía a casa del trabajo y él salió corriendo por la acera para enseñarme su balón de fútbol nuevo. Lo dejó en el suelo para lanzármelo a mí, pero se salió a la calle.

Sophy contuvo el aliento.

–Venía un camión de reparto...

Ella se puso muy blanca.

–¡Dios querido! ¿Él no está...?

George negó con la cabeza, e inmediatamente se arrepintió de ello.

–Está bien. Tiene algunos arañazos, pero...

–Pero no está muerto –dijo ella en voz alta. Con firmeza, como para que resultara más creíble. El alivio era evidente en su rostro–. ¡Gracias a Dios!

–Sí.

Ella lo miró.

–Gracias, George.

Él apretó los dientes.

–¿Por qué? ¿Esperabas que dejara que corriera delante de un camión?

–¡Claro que no! –a ella le brillaron los ojos. Se sonrojó–. ¿Cómo puedes decir eso? Simplemente... reconocía lo que hiciste.

–Claro que sí –él la miró con dureza, esperando que dijera las palabras que flotaban entre ellos.

Sophy se mordió los labios.

–Tú lo salvaste.

George casi esperaba que aquello fuera una acusación. Desde luego, había sonado así el día en que ella le había dicho que no quería seguir casada.

–Eso es lo que hacías cuando te casaste conmigo

–había gritado ella con amargura–. Te casaste conmigo para salvarme.

Por supuesto, era cierto. Pero aquélla no era la única razón. Aunque ella no lo creería. Él no había contestado entonces y no contestó tampoco en ese momento en el hospital. Sophy creería lo que quisiera.

George la miró fijamente, como retándola a decir algo más.

–Eres un héroe –murmuró ella.

Él hizo una mueca.

–Difícilmente. Jeremy no habría salido corriendo si no me hubiera visto llegar.

–¿Qué? ¿Ahora dices que es culpa tuya? –ella lo miraba con incredulidad.

–Sólo digo que me estaba esperando –George se encogió de hombros–. A veces jugamos juntos al fútbol.

–¿Entonces lo conoces mucho? ¿Es un amigo? –ella parecía sorprendida, como si considerara aquello improbable.

–Somos amigos –Jeremy, con su pelo moreno y sus ojos brillantes, le recordaba a Lily. Pero eso no lo dijo.

Sophy alzó las cejas, como si le sorprendiera que él conociera a sus vecinos. Quizá porque él no había conocido a sus vecinos durante los pocos meses que habían estado juntos.

Pero tampoco había tenido tiempo. Había estado ocupado terminando un proyecto para el gobierno y a las pocas semanas de la boda era ya padre. El matrimonio y la paternidad habían sido territorio nuevo para él y le habían llevado mucho tiempo.

–Me sorprendió que hubieras vuelto a Nueva York –comentó ella.

–Llevo aquí dos años.

–¿No te gustó Uppsala?

Uppsala, claro. Ella creía que había ido allí, que había aceptado un trabajo en la Universidad de Uppsala, en Suecia.

Entonces él no había podido decirle otra cosa. No le estaba permitido. Y ahora no tenía sentido contárselo.

–Era un trabajo de dos años –comentó.

Esa parte era verdad. Y aunque habría podido seguir trabajando en proyectos gubernamentales, ya no lo deseaba. Hacía aceptado el anterior antes de saber que se iba a casar. Y si el matrimonio hubiera salido bien, lo habría rechazado después y no habría ido a Europa.

Al separarse, había ido, agradecido por no tener que seguir en la ciudad y poder poner un océano entre él y el motivo de su dolor.

Después de dos años, no obstante, había vuelto a Nueva York a pesar de que tenía buenas ofertas en otras partes.

–Ahora soy profesor en Columbia –dijo.

Era un trabajo interesante, con mucha investigación. Y no había tenido nada que ver con el hecho de que, al aceptarlo, creyera que Sophy y Lily vivían todavía en la ciudad. Nada.

–¡Ah! –dijo ella.

–¿Cuándo te fuiste tú? –preguntó él. Ella enarcó las cejas–. Pasé por la casa y ya no estabais.

–Me fui a California poco después de que te marcharas tú –repuso ella–. Monté un negocio con mi prima.

–Eso me lo dijeron. Mi madre dijo que había hablado contigo en la boda de Christo.

–Sí. Estuvo bien volver a ver a tus padres –comentó ella con cortesía.

George, que sabía lo que pensaba de su padre, repuso con sequedad:

–Seguro que sí.

A él también lo habían invitado a esa boda. No había ido porque no sabía con quién se casaba su primo Christo y no tenía interés en cruzar medio país para averiguarlo. Cuando se enteró más tarde de que la novia de Christo era prima segunda de Sophy, se preguntó qué habría pasado si hubiera ido y se hubieran encontrado allí.

Probablemente nada.

–¿Y tu negocio? –preguntó–. ¿Mi madre dijo que se llamaba Alquila una Novia?

–Alquila una Esposa –corrigió Sophy–. Ayudamos a personas que necesitan otra persona para algo. Cosas que suelen hacer las esposas tradicionales. Recoger la ropa de la tintorería, organizar cenas, llevar a los niños al dentista o a partidos de fútbol, llevar al perro al veterinario.

–¿Y la gente paga por eso?

–Sí. Y paga muy bien –ella lo miró desafiante–. Nos va bien.

–Me alegro por ti.

Sus ojos se encontraron. Ella apartó la vista e intentó ocultar un bostezo. George comprendió que debía de haber sido agotador volar toda la noche para llegar allí desde California.

–¿Has dormido? –preguntó.

–Un poco –repuso ella; pero bajó los ojos y él comprendió que era mentira.

–Oye, siento haberte molestado –dijo–. Siento que

hayas pensado que tenías que dejarlo todo y cruzar el país para firmar unos papeles. No era necesario.

—El doctor dijo que sí.

—Es culpa mía. Tendría que haber cambiado la información de contactos.

—¿A quién?

George se encogió de hombros, sorprendido por la pregunta.

—Mis padres, mi hermana Tallie. Elías, los niños y ella viven en Brooklyn. Lo cambiaré en cuanto salga de aquí.

—No te preocupes —Sophy se encogió de hombros—. Tú hiciste algo por mí. Ahora me toca a mí.

Él frunció el ceño.

—¿Esto es una compensación?

Ella extendió las manos.

—Esto es algo que puedo hacer.

—No hace falta que hagas nada.

—Eso parece.

George apretó los dientes.

—De acuerdo. Puedes considerar tu deuda pagada —gruñó. Empezaba a estar harto—. Y ahora, si no te importa, me gustaría descansar y, como puedes ver, estoy consciente y puedo firmar papeles. Así que gracias por venir, pero no hace falta que te quedes a cuidarme. Puedes irte.

Antes de terminar de hablar, sabía que estaba diciendo casi las mismas palabras que le había dicho ella cuatro años atrás: «No te necesito. No soy un lío que tengas que arreglar. Puedo cuidar de mí misma. No necesito que lo hagas por mí, así que vete de aquí. Déjame en paz y márchate».

Y a juzgar por la expresión de su cara, Sophy tam-

bién lo sabía. Lo miraba como si la hubiera abofe-
teado.

–Por supuesto –respondió con rigidez. Se levantó,
tomó su chaqueta del respaldo de la silla y se la puso.

George observaba todos sus movimientos. No quería hacerlo, pero no podía evitarlo. Sophy había tenido
el poder de atraer su mirada desde la primera vez que
la viera del brazo de su primo Ari en una boda de familia.

Ella se abrochó la chaqueta y tomó su bolso grande,
que estaba en el suelo al lado de la silla. Lo miró inex-
presiva.

–Gracias por venir –dijo él–. Siento que te hayan
molestado.

Ella inclinó la cabeza.

–Me alegro de que te vayas a poner bien.

Todo muy educado. Se miraron en silencio. Ella
sonrió débilmente y se volvió.

–Sophy.

Ella volvió la cabeza y enarcó una ceja. Él pensó
que debía dejar las cosas así, pero no pudo evitar preguntar:

–¿Cómo está Lily?

Por un momento pensó que ella no contestaría.
Pero luego la sonrisa que no había visto todavía apareció en la cara de ella como si saliera el sol de detrás
de un banco de nubes. Su expresión se suavizó.

–Lily está increíble. Es lista, divertida... Ayer fue
su fiesta de cumpleaños. Tiene...

–Cuatro –terminó él.

Sophy parpadeó.

–¿Te acordabas?

–Por supuesto.

Ella tragó saliva.

—¿Quieres... ver una foto suya?

¿Si quería? George asintió.

Sophy abrió el bolso y sacó el billetero. Extrajo una foto y se la tendió.

George miró la niña de la foto y sintió una opresión en la garganta.

Era preciosa. Había visto fotos que le había enseñado su madre de la boda, así que tenía alguna idea de cómo era; pero aquella foto la definía muy bien.

Estaba sentada en un banco con un cubo de arena en el regazo y la cara hacia atrás y se reía. Era como ver a una Sophy en miniatura excepto por el pelo. El de Lily era oscuro y rizado; pero sus ojos eran los de su madre, la misma forma y el mismo color verde. Parpadeó rápidamente y tragó saliva con fuerza. Alzó la vista.

—Se parece mucho a ti.

Sophy asintió.

—Eso dice la gente. Excepto por el pelo. Tiene el pelo... de Ari.

«El pelo de Ari». Porque era hija de Ari, no suya. Por mucho que él hubiera confiando en que sí, Lily nunca había sido suya.

Las dos pertenecían a Ari, aunque su primo hubiera muerto antes de que naciera Lily. George descubrió que había cosas que dolían más que el golpeteo en su cabeza. Se pasó la lengua por los labios.

—Parece feliz.

—Lo es. Es una niña feliz y bien adaptada. En cuanto pasó el periodo de los tres meses, dejó de tener gases y de llorar.

—Me alegra oírlo —George echó un último vistazo a la foto y se la tendió.

–Puedes quedártela –repuso ella–. Si quieres...
–añadió un segundo más tarde.

–Gracias. Sí, me gustaría.

Sophy se la quitó y la colocó en la mesilla, apoyada
en la jarra de agua para que pudiera verla si se volvía.

–Así cuidará de ti –en cuanto lo hubo dicho, bajó
la cabeza como si se arrepintiera–. Tienes que descansar más –se volvió hacia la puerta–. Adiós.

George casi estuvo a punto de llamarla otra vez,
pero se recordó que no la necesitaba. Había vivido sin
ella durante casi cuatro años y podía vivir sin ella el
resto de su vida. Sólo tenía que acabar aquello como
debería haber hecho cuatro años atrás.

–¡Sophy!

Esa vez ella estaba ya más allá de la puerta, y cuando
se volvió, había algo parecido a la impaciencia en su mirada.

–¿Qué?

–No te preocupes, no volverá a ocurrir. En cuanto
salga de aquí, pediré el divorcio.

Capítulo 2

POR SUPUESTO que George pediría el divorcio.

La única sorpresa por lo que a Sophy se refería era que no lo hubiera hecho antes; pero eso no impidió que le temblaran las rodillas cuando se alejaba de la habitación de George.

Caminaba automáticamente, recogió su bolsa de viaje, que una de las enfermeras le había permitido dejar en una zona habilitada para ese fin.

–Cree que se marchará hoy y que irá a trabajar –dijo a la enfermera–. El doctor no debería dejarle...

La enfermera sonrió.

–No creo que deba preocuparse por eso. Estará en observación hoy y probablemente mañana. Usted váyase a casa a descansar. Vuelva esta tarde. Es muy probable que ya esté mucho más animado –dedicó una sonrisa alentadora a Sophy y se alejó por el pasillo.

Sophy se quedó allí con la bolsa de viaje y el maletín y se dio cuenta de que no tenía adónde ir.

Su casa estaba a cinco mil kilómetros de allí.

Por otra parte, ¿por qué no se iba a ir a casa? ¿Qué la retenía allí? George la había despedido claramente. Por lo que él respectaba, ella no tenía que haberse molestado en ir.

Y desde luego, no volvería aquella tarde. Ya había

cumplido con su deber. «Compensación», lo había llamado él.

Y la había rechazado. «Considéralo pagado», había dicho.

Pues muy bien. Caminó hasta el ascensor y esperó, intentando mantener los ojos abiertos y reprimir un bostezo.

Estaba así cuando se abrió el ascensor y salió una mujer muy embarazada, que se detuvo al verla.

−¿Sophy?

La interpelada parpadeó sobresaltada.

−¿Tallie?

−¡Oh, Dios mío, eres tú! −Tallie, la hermana de George, la abrazó con fiereza−. Has vuelto.

−Bueno, yo... −pero las palabras de Sophy se ahogaron en el calor entusiasta del abrazo de Tallie y no pudo hacer otra cosa que corresponderle. Además, no le resultó difícil. Siempre había adorado a la hermana de George. Una de las cosas más difíciles de terminar su matrimonio había sido perder el derecho a llamar cuñada a Tallie.

Antes de que pudiera decir nada, un golpe suave en el estómago le hizo dar un salto atrás. Miró a Tallie con ojos muy abiertos.

−¿Eso ha sido el bebé?

Tallie rió.

−Sí. A mi chica le gusta tener espacio −se frotó el vientre−. Ésta es una niña. Pero ya hablaremos de ella luego. Me alegro mucho de verte. A George debería atropellarle un camión más a menudo.

−No −Sophy no quería eso, ni siquiera por el placer de volver a ver a Tallie.

—Bueno, pues no —Tallie rió y movió la cabeza—. Pero si eso te trae a casa... —sonrió.

—No estoy en «casa» —repuso enseguida Sophy—. Sólo estoy... aquí. Por el momento. Anoche me llamó un doctor. George estaba inconsciente y necesitaban el permiso de su familiar más próximo para los procedimientos médicos y, como no estamos divorciados, era yo. Y por eso —se encogió de hombros—, estoy aquí.

—Pues claro que sí —repuso Tallie—. Además, ya era hora —la miró algo preocupada—. A mí no me dejó venir a verlo anoche.

—Parece que lo haya atropellado un camión —contestó Sophy. Si Tallie no lo había visto todavía, quería prepararla—. En serio, está muy magullado. Pero coherente.

—Se negó a dejarnos venir anoche. Bueno, sólo estamos Elías y yo aquí. Mamá y papá están en Santorini. Y ninguno de mis hermanos vive aquí, así que ha tenido suerte. Seguramente no se habría molestado en llamarme si no hubiera necesitado a alguien que cuidara de Gunnar.

—¿Gunnar?

—Su perro.

¿George tenía un perro? Aquello era una sorpresa.

—¿Lo rescató? —preguntó Sophy.

Tallie frunció el ceño.

—Creo que no. Creo que lo tiene desde cachorro. ¿Por qué?

Sophy movió la cabeza.

—Por nada —no podía decir: «Porque George rescata cosas», porque Tallie no lo entendería.

La hermana de George se apartó un mechón de pelo de la cara.

–Me dijo que fuera a su casa, sacara a Gunnar, le diera de comer y no se me ocurriera venir al hospital, que no me quería aquí –sonrió–. Voy a irritarlo unos momentos para que sepa que no puede decirme lo que tengo que hacer y porque el resto de mi familia se preocupará mucho si alguien no lo ha visto en carne y hueso. Pero ahora que has venido tú, toma las llaves –sacó un llavero del bolsillo de sus pantalones de premamá y se lo puso a Sophy en la mano.

–¿Yo? No, no. No puedes darme las llaves de George.

–¿Por qué no? ¿Porque estáis separados? ¡Vaya una cosa!

–No estamos separados; nos estamos divorciando. Yo creía que ya lo estábamos.

–¿Y no es así? Bien. Es más fácil arreglar las cosas –repuso Tallie con la confianza de alguien que había hecho justamente eso y vivía feliz–. Elías y yo...

–No estabais casados cuando seguisteis caminos separados –intervino Sophy con firmeza–. No es lo mismo. Y no puedo aceptar las llaves de George –intentó devolverlas, pero un bostezo la pilló por sorpresa y acabó cubriéndose la boca con ellas.

–Estás agotada –dijo Tallie–. ¿Cuánto tiempo llevas aquí?

–No mucho. Un par de horas. Llegué a LaGuardia antes de amanecer.

–¿Has viajado de noche? ¿Y has dormido algo?

–No mucho –admitió Sophy–. Pero espero dormir en el camino de vuelta.

Tallie la miró escandalizada.

–¿En el camino de vuelta? ¿Qué? ¿Ya te vuelves?

Sophy se encogió de hombros.

–Él no me necesita ni me quiere aquí. Eso lo ha dejado bastante claro.

Tallie hizo una mueca despectiva.

–¿Qué sabe él? Además, no importa si él te necesita. Yo sí.

–¿Tú? ¿Qué quieres decir?

–Que tú, mi querida, Sophy, me vas a salvar la vida –Tallie la tomó por el brazo y la guió hasta un par de sillas, donde pudieran sentarse.

–¿No quieres ver a George? –preguntó Sophy.

–En un momento. Primero quiero hablar contigo. Yo necesito tu ayuda.

–¿Qué tipo de ayuda?

–George, pobrecito, cree que puedo dejar mi vida y dedicarme a dirigir la suya. Y supongo que en otro tiempo habría podido hacerlo –Tallie sonrió–. Pero ahora tengo tres hijos y espero otra en tres semanas, un negocio de repostería casera con muchos pedidos y un marido que, aunque tolerante, no considera que deba compartirme con un perro más de una noche. Además, tiene que ir a Mystic esta tarde. Ha llevado a los niños al colegio, pero yo tengo ir a recoger a Nick y Garrett del colegio y a Digger de la guardería. Pensaba hornear hoy antes de ir a por ellos. Y me llevaría a Gunnar a casa, pero no se lleva bien con el conejo, así que –respiró hondo y sonrió esperanzada–. ¿Qué me dices? ¿Me vas a salvar? ¿Por favor?

Sophy se sentía aún más cansada sólo de pensarlo. Reprimió otro bostezo.

–Y podrás dormir allí –anunció Tallie triunfante.

–A George no le gustará.

–¿Quién se lo va a decir?

Sophy pensó que ella no. Sabía que debía negarse;

era lo más sensato. Cuanto menos tuviera que ver con George o su familia antes del divorcio, menos probable sería que volviera a sufrir.

Pero lo importante en la vida no era protegerse uno mismo, sino hacer lo que había que hacer. Las «compensaciones» no siempre eran lo que uno creía, pero eso no implicaba que tuviera derecho a no hacerlas.

—De acuerdo —dijo con resignación—. Lo haré. Pero me iré en cuanto George pueda venir a casa.

—Por supuesto —Tallie sonrió agradecida—. Desde luego.

Sophy no se había permitido pensar en dónde viviría George desde que saliera de su vida, pero de haberlo hecho, habría elegido un apartamento cómodo e impersonal donde tuviera que interaccionar lo menos posible con su entorno.

Y se habría equivocado.

George tenía una casa en el Upper West Side. No sólo un estudio o un apartamento, no; poseía todo el edificio de cinco plantas.

Y aunque mucha de las casas vecinas habían sido divididas en apartamentos, aquélla no.

—Cuando volvió, dijo que quería una casa —le había dicho Tallie—. Y se la compró.

Sophy se detuvo en la acera delante de la amplia entrada y miró con la boca abierta la elegante fachada. Tenía grandes ventanales en los dos pisos de encima de la entrada del jardín y dos pisos más encima de ésos con tres ventanas idénticas altas y estrechas en forma de arco que miraban al sur a través de la calle con árboles a ambos lados en la que había una fila de casas similares.

Tenía un aire cálido, de buen gusto, elegante y amistoso. Y a Sophy, cuyos primeros recuerdos de un hogar eran los días pasados en la casa de sus abuelos en Brooklyn, aquello le sonaba a hogar.

Era exactamente la clase de casa familiar con la que siempre había soñado. Le había hablado de ello a George en los primeros días de su matrimonio. Por supuesto, él entonces estaba muy ocupado con su trabajo y no escuchaba. O al menos ella creía que no escuchaba.

Pero no. Claro que no escuchaba. Aquello era una coincidencia.

Y cuando subió los escalones, el sonido del perro ladrando al otro lado de la puerta mató la impresión hogareña que había sentido.

Allí estaba Gunnar.

Y ladraba como si quisiera almorzársela a ella.

—Es encantador —le había dicho Tallie—. Adora a George.

Pero al parecer no le gustaban los conejos, como no fuera para almorzar, y era todavía una incógnita lo que pensaría de ella.

Menos mal que le gustaban los perros. Sophy metió la llave en la cerradura con confianza. No sabía si eso convencería a Gunnar, pero esperaba convencerse a sí misma lo suficiente para que establecieran contacto.

—Hola, Gunnar. Hola, amiguito —dijo cuando abrió la puerta con cautela.

El animal dejó de ladrar y la miró con curiosidad. Era un perro bastante grande, negro con pelo de medio tamaño.

—Un retriever —le había dicho Tallie—, pero con opiniones propias.

—Espero caerte bien —le dijo Sophy, que había tomado la precaución de parar en una tienda de camino a Broadway y comprar galletas para perros. Le ofreció una.

En su experiencia, casi todos los perros tomaban lo que les daban sin cuestionarlo. Gunnar hizo lo mismo, pero se lo quitó de los dedos con delicadeza y lo llevó a la alfombra delante de la chimenea, donde se tumbó y lo olfateó un momento antes de comérselo.

Sophy arrastró su bolsa de viaje al interior y cerró la puerta tras ella; se volvió a observar a Gunnar y los dominios de George.

La casa era tan impresionante por dentro como por fuera. Desde la entrada forrada con paneles de caoba, podía ver el comedor, donde Gunnar terminaba su galleta, una hermosa escalera también de caoba que llevaba al segundo piso y, pasillo abajo, hacia la parte de atrás, se veía un sofá, lo que indicaba que allí encontraría la sala de estar.

Pero antes de que pudiera ir a ver, Gunnar volvió, la empujó con el morro y la miró esperanzado.

—¿Las galletas son un modo de conquistarte? —preguntó Sophy.

El animal hizo un ruidito como de respuesta y ella lo miró atónita y sacó otra galleta de la bolsa que había comprado. Él la aceptó con la misma seriedad con que había aceptado la primera, pero no se la comió sino que se la llevó pasillo abajo.

Sophy lo siguió. Pensó que iba a entrar en la sala de estar, que estaba efectivamente al final del pasillo, pero Gunnar giró y bajó unas escaleras. Obviamente, sabía mejor que ella lo que tenía que hacer y le estaba enseñando adónde ir para abrir la puerta del jardín.

Ella lo dejó salir al jardín de la parte posterior, con su porche de madera de cedro, sillas y mesas y un cubo de pelotas de tenis que seguramente George lanzaría al perro. Sophy dejó allí a Gunnar y volvió a entrar porque sentía curiosidad por el despacho de George.

Éste estaba cerca del jardín y consistía en una habitación grande con un escritorio grande de roble, un ordenador de última generación con la pantalla más grande que ella había visto jamás. Había archivadores, una mesa de trabajo y estante tras estante de libros científicos. En el escritorio y en la mesa de trabajo había papeles en ordenados montones y algunas hojas llenas de ecuaciones en la letra picuda de George.

Sophy volvió al jardín y arrojó pelotas de tenis a Gunnar.

Se hizo amiga suya de por vida. Él era incansable. Ella se agotó pronto.

—La última —dijo. Y la tiró a través del jardín.

Gunnar la alcanzó y volvió corriendo. La miró esperanzado.

—Más tarde —le prometió ella.

El perro la siguió obediente al interior de la casa y por las escaleras hasta una habitación espaciosa que parecía una sala que se usaba bastante y que tenía juguetes en un rincón.

¿Juguetes?

Sophy, sorprendida, se acercó a mirar. Sí, eran juguetes. Bloques de construcción, Legos y una serie de coches Matchbox. Juguetes de niño. Estaba claro que los hijos de Tallie eran bienvenidos a casa de su tío George. ¿O tenía éste una amiga con hijos? Sophy se dijo que eso no le importaba.

La habitación estaba en la parte de atrás de la casas, justo encima de la sala de estar. Sophy entró en esta última y la encontró hogareña y cómoda, con libros en los estantes, no sólo tomos científicos, sino también misterios populares y revistas de navegación.

Miró los estantes con curiosidad y vio también un álbum de fotos. Lo abrió sin pensar y se encontró de frente con recuerdos que fueron casi como un golpe en el corazón.

El álbum estaba lleno de fotos de la recepción después de su boda. No las fotos formales, sino muchas fotos informales de la familia. George y ella riendo cuando se daban de comer mutuamente la tarta, George y ella bailando en el porche de la casa de los padres de él; George y ella rodeados por toda la familia de él, todos sonrientes y felices.

Fue pasando las páginas. Después de las fotos de la recepción había otras de ellos dos. En la playa. En una casita delante de un fuego.

Sophy sintió una opresión en la garganta al ver los recuerdos de su luna de miel.

Aunque en realidad no había sido una luna de miel; no habían tenido tiempo de planear una porque la boda había sido precipitada y George no había podido tomarse vacaciones.

Sólo habían tenido un fin de semana en una casita de guardés detrás de una de las mansiones de los Hamptons que había cerca de la casa que tenían los padres de él al lado del mar.

Pero aunque improvisada, había sido memorable. Ella había pensado que aquel fin de semana habían forjado un vínculo. Habían hablado, habían reído, habían cocinado juntos, nadado juntos, caminado por la playa juntos. Habían dormido juntos en la misma cama, aunque no habían hecho el amor.

El embarazo de ella estaba demasiado avanzado para eso.

Aun así, a pesar de lo poco ortodoxo que había sido su comienzo, ella se había atrevido a esperar, a creer...

Cerró el álbum y lo devolvió al estante. No quería mirar. No quería recordar el dolor de las esperanzas rotas, del amor perdido.

Aunque no; por parte de él nunca había habido amor.

–Vamos, Gunnar –dijo al perro–. Echemos un vistazo al cuarto de invitados.

–No he cambiado las sábanas –se había disculpado Tallie–. Pensaba que volvería esta noche allí o iría George. Hay más habitaciones arriba, pero seguramente George no habrá cambiado las sábanas desde que estuvieron allí los niños; y la habitación suya también está allí.

Sophy se sentía como Ricitos de Oro explorando una casa que no era suya. El último lugar que quería ver era el dormitorio de George o su cama. No quería recordar las noches que había pasado compartiendo una cama con él, haciendo el amor con él...

–Usaré la habitación donde te quedaste tú –había dicho a Tallie.

Era un cuarto espartano pero muy apropiado. Tenía una cama con sábanas, una manta y dos almohadas. ¿Qué más podía pedir?

Se quitó los zapatos y la chaqueta y se disponía a meterse en cama cuando recordó que tenía que llamar a Natalie y Lily.

Abrió su portátil en la cama y sintió una punzada

de nostalgia cuando hizo la llamada y vio a Lily en casa con Natalia en la sala de estar.

–¿Mamá? –Lily pegó la cara al portátil de Natalie–. ¿Estás en el ordenador?

Sophy rió.

–No, querida, estoy en Nueva York. Tuve que venir anoche, pero sólo un par de días. Pronto volveré a casa. ¿Te portas bien con la tía Natalie?

–Claro que sí. Le estoy ayudando.

–Estupendo. ¿Qué vas a hacer hoy?

Las tres horas de diferencia horaria implicaban que Natalia y Lily estaban empezando el día, pero Lily enumeró una lista de cosas que incluía «ir a la playa con tío Christo después de comer», sin duda para que Natalie pudiera trabajar un rato.

–¿Eso es un perro? –preguntó la niña, cortando bruscamente la lista.

–¿Perro? –preguntó Sophy, confusa; hasta que se dio cuenta de que Gunnar estaba al lado de la cama y miraba la pantalla del ordenador con curiosidad–. Sí, es Gunnar.

–Es grande –repuso Lily–. Y muy negro. ¿Yo le caería bien?

–Creo que sí –contestó Sophy.

–Hola, Gunnar –dijo la niña.

Él miró con curiosidad y movió la cola.

–¡Le gusto! –gritó Lily.

–¿A quién? –Natalie se inclinó a mirar la pantalla y abrió mucho los ojos al ver al perro–. ¿De quién es? ¿De dónde ha salido? ¿Dónde estás?

–Es Gunnar. Vive aquí.

–¿Aquí dónde?

–En casa de George –repuso Sophy de mala gana.

–¿De papi? –Lily acercó más la cara a la pantalla para mirar la habitación–. ¿Estás en casa de papi?

–Sí, pero...

–¿Dónde está él?

–Eso, ¿dónde está papi? –preguntó Natalie.

–Está en el hospital.

–¿Papi está bien? –preguntó Lily.

–Se pondrá bien, sí.

–¿Y qué haces en su casa? –quiso saber Natalie.

–He venido a darle de comer al perro y dormir un rato. En el cuarto de invitados.

Natalie apretó los labios y se encogió de hombros.

–Pues duerme.

–Lo haré. Sólo quería ver a Lily. Te quiero, hija.

–Te quiero, mami –respondió la niña–. Y a papi. Y también a Gunnar. Oh, ahí está el tío Christo. Adiós, mami. Adiós, Gunnar. Hasta luego –y Lily se alejó, dejando a Sophy mirando la silla que su hija había dejado vacía.

–Lo siento –Natalie apareció de repente–. Acaba de llegar Christo con bollos de canela de la panadería.

–Ah, bueno. Una chica tiene que tener claras sus prioridades. Dale un abrazo de mi parte.

–Por supuesto –hubo una pausa–. No sabía que estuviera tan entusiasmada con George. No lo conoce.

–Es una fijación. Todas las familias tienen mamás y papás. Nosotras no. Ella quería saber por qué y luego quiso saberlo todo sobre él.

–Pues deberías haberle hablado de Ari. Él es su padre.

–No –Sophy no aceptaba eso–. Él la engendró, pero jamás habría estado a su lado. George sí lo estuvo.

–Brevemente.

–Sí, bueno... –Sophy no quería entrar en eso. Nunca había contado a Natalie todas las razones para la ruptura de su matrimonio–. Ella preguntó y yo se lo dije. Siente curiosidad. Es la atracción de lo desconocido.

Natalie parecía dudosa.

–¿Y cuál es la atracción para ti?

–Yo estoy bien –dijo Sophy con firmeza–. Además, es la una de la tarde. Sólo he venido a sacar al perro y dormir unas horas. George no está aquí. Me lo ha pedido su hermana, le estoy haciendo el favor a ella.

–Si tú lo dices.

–Lo digo.

–Vale –Natalie se encogió de hombros con aire preocupado–. Ten cuidado.

–Tengo cuidado. No te preocupes. Te llamaré luego para decirte en qué vuelo iré.

–¿O sea, que vendrás pronto?

–Esta noche. No hay motivo para quedarse más.

Natalie sonrió.

–Estupendo.

Sophy apagó el ordenador y lo dejó en la mesilla al lado de la cama. Se quedó en ropa interior y se metió en la cama. Cerró los ojos y no se permitió pensar en el álbum de fotos. No se permitió recordar aquellos meses de esperanza y alegría. No quería recuerdos, no quería ese olor.

Gunnar subió de repente a la cama y se tumbó a su lado, tan cerca que Sophy podía sentir la presión de su cuerpo a través de la ropa de la cama.

No sabía si él debía estar allí no, pero no le importó. El calor de su cuerpo resultaba reconfortante. Aunque fuera el perro de George, a ella le caía bien. Se lo dijo.

Gunnar levantó las orejas.

Sophy sonrió y le acarició la cabeza. Cerró los ojos y se quedó dormida.

Y soñó con George.

George quería marcharse ya.

–No podéis retenerme aquí –le dijo a Sam, que estaba a los pies de su cama.

Sam no lo escuchaba. Conocía a George. Habían montado en bici juntos, subido a los árboles juntos y jugado juntos al lacrosse. Hasta se habían emborrachado juntos y se habían peleado un par de veces. George todavía no había decidido si había sido un golpe de suerte que Sam fuera el neurólogo de guardia cuando lo llevaron allí la noche anterior o todo lo contrario.

En aquel momento se inclinaba por lo último.

–No puedo castigarte a quedarte ni atarte a la cama –dijo su amigo–. Pensaba que quizá podía apelar a tu sentido común de adulto, pero si eso es un problema...

George sonrió. Eso hizo que la cabeza le doliera terriblemente, pero, por otra parte, lo mismo ocurría con todo lo que había hecho ese día, que era prácticamente nada. Había intentado leer y no podía concentrarse. Había intentado escribir y no podía pensar. Había intentado levantarse y andar, pero apenas había conseguido volver a la cama sin vomitar. Si le dejaban irse a casa, al menos podría dormir.

–Sería diferente si no vivieras solo –continuó Sam–. Si alguien pudiera vigilarte un poco, sería más factible.

George se cruzó de brazos.

–Estaré bien. Prometo que llamaré si creo que va a peor.

–No.

–Tengo trabajo, un perro, una vida...

–¿Una vida? –Sam hizo una mueca–. Yo creo que no. Tu vida es enseñar Física, nada más.

George había hecho más cosas, pero no quería entrar en eso. Miró fijamente a su amigo y esperó que cediera.

–Hablaremos de esto mañana –decidió Sam–. Tenemos que estar seguros de que la hemorragia se ha detenido –señaló la cabeza de George.

Pero éste no se dio cuenta. Había visto a alguien al otro lado de la puerta. ¿Sophy?

¿Veía visiones? Ella se había ido, ¿no? ¿No había vuelto a California después de haber cumplido con su «deber»?

Pero ella asomó la cabeza por la puerta.

–Lo siento, no pretendía molestar. Pensaba que quizá estaría aquí Tallie.

George empezó a negar con la cabeza, pero cambió de idea.

–No, ha ido a recoger a los niños. ¿Has hablado con Tallie?

–Un poco –repuso Sophy–. Ella entraba cuando yo salía. ¿Va a volver?

–Espero que no. ¿Por qué?

Sophy vaciló.

–Tengo que darle algo.

–Déjalo aquí. Me lo llevaré a casa cuando me vaya. Yo se lo daré.

–Bueno, yo...

–Pero si es urgente, no se moleste –intervino Sam–, él no va a ninguna parte.

–¡Las narices que no!

Sophy miró al doctor con aire interrogante.

–No le hagas caso –gruñó George.

–No me haga caso –asintió Sam–. Sólo soy su médico.

–¿Qué le ocurre? –preguntó Sophy.

–¿Aparte de ser obstinado e inmaduro? –Sam enarcó una ceja–. No mucho. Bueno, eso no es cierto, pero el resto es confidencial. Privacidad del paciente, ¿sabe? Él tendría que matarla si se lo dijera –sonrió con calor y George recordó entonces que a Sam siempre se le daban muy bien las mujeres.

–¡Déjalo ya! –gruñó.

Su amigo lo miró.

–¿Qué?

George le lanzó una mirada acerada, pero no dijo nada.

Sam lo miró con curiosidad, pero como George no decía nada, se encogió de hombros, cruzó la habitación y tendió la mano a Sophy.

–Encantado de conocerla. Soy Sam Harlowe.

Ella le tomó la mano y le sonrió con calor.

–El doctor de George.

–Por desgracia. Y de vez en cuando, aunque no necesariamente en este momento, su amigo. ¿Y usted es...? –sostenía todavía la mano de Sophy.

–Soy Sophy McKinnon –dijo ella.

–Savas –la contradijo George desde la cama. Los dos se volvieron a mirarlo. Él levantó la barbilla sin que le importara el dolor de cabeza–. Esposa de George.

Capítulo 3

EXESPOSA –corrigió Sophy al instante. Miró a George atónita–. Recuerdas eso, ¿verdad?

George se cruzó de brazos.

–Recuerdo que nadie ha solicitado el divorcio todavía.

–Dijiste que lo harías tú. Si no lo haces, lo haré yo –contestó ella con fiereza.

Sam los miraba fascinado.

–Bien –dijo sonriente–. Os dejaré discutiendo ese tema –volvió a apretarle la mano a ella y le lanzó una mirada apreciativa–. Avíseme cuando haya aclarado su situación matrimonial.

–Lo haré –contestó ella, no porque tuviera esa intención, sino para molestar a George.

–Nos vemos mañana –dijo Sam a George.

–Aquí no.

–No... –empezó a decir Sam.

Pero George lo interrumpió.

–Has dicho que podría irme a casa si tenía alguien que se quedara conmigo.

–No tienes.

–Sophy se quedará.

–Yo...

–George la miró.

–Compensación –dijo con suavidad–. ¿No has venido aquí por eso?

–Tú dijiste...

–Yo no lo sabía, ¿vale? Creía que saldría de aquí hoy. Pero ese medicucho –señaló a Sam con la cabeza– cree que necesito alguien que me cuide, me tome la mano, me seque la frente...

–Te dé una patada en el trasero –sugirió Sam.

George no se molestó en mirarlo. Se sentó en la cama con los puños apretados y los ojos brillantes.

–Eso es lo que tú haces, ¿no?

–¿A qué te refieres? –preguntó ella.

–Alquila una Esposa. Es tu negocio, ¿no? Yo te alquilo a ti.

Sam lo miró sorprendido.

Sophy dio un respingo. No encontraba palabras.

–Es sencillo –repuso George–. Es tu trabajo, ¿no? Tú viniste a ofrecerte, pero si ahora ya no quieres hacerlo como compensación, te pagaré.

–No seas ridículo.

–No tiene nada de ridículo. Es algo muy razonable. Una solución apropiada al problema –George se había puesto ahora en plan profesor y ella quería estrangularlo.

Él miró a Sam.

–Tú has dicho eso, ¿no?

El médico se frotó la nuca.

–Bueno, yo –se encogió de hombros con impotencia–. Sí, lo he dicho. Puedes irte a casa si hay alguien que te cuide, si descansas y no haces tonterías. No puedes levantar peso ni hacer esfuerzos ni subir o bajar corriendo las escaleras ni nada de sexo apasionado –añadió con firmeza.

–¡Qué mala pata! –musitó George. Sophy se ruborizó. Él la miró–. El doctor dice que puedo irme a casa.

Sophy apretó los dientes. La había arrinconado y no podía negarse. ¿Pero por qué lo había hecho?

Estaba claro que no deseaba estar casado con ella. Apretó los labios.

–¿Cuánto tiempo? –preguntó. No miraba a George, sino a Sam.

–Depende –repuso él–. Tiene que estar tranquilo. Además de la conmoción, cuyos efectos notará todavía, tiene un hematoma subdural.

Le contó que era imposible conocer la extensión de la hemorragia, que podía organizarse sola en cinco o seis días o podía tardar hasta veinte en formar una membrana. Cuanto más hablaba, más técnicas se volvían sus palabras. Sophy oyó la palabra «ataque» y sintió pánico. Oyó la palabra «muerte» y su desesperación aumentó.

–O sea, que esto no es una nimiedad –resumió cuando Sam cerró por fin la boca.

–No, no lo es. Hasta el momento va muy bien. Pero no se trata de un hombre sensato.

¿No? A ella George siempre le había parecido muy sensato. Miró al médico.

–Me estoy poniendo en lo peor –le aseguró Sam.

–Muchas gracias –repuso ella con sequedad.

–Pero es necesario. Por eso no dejaré que se vaya si está solo.

Hubo un silencio. Sam y George esperaban su respuesta. Sophy luchaba con su conciencia, sus sentimientos y sus obligaciones.

–Dice usted que podrían ser días –comentó al fin.

–Sinceramente, sería mejor que tuviera a alguien cerca varias semanas. O un mes.

–¿Un mes? –Sophy lo miró horrorizada.

Sam extendió las manos.

–Las probabilidades de que necesite algo son mínimas. Disminuirán a cada día que pase siempre que él no haga algo para complicar el tema. Yo sólo digo que, si está solo, no lo sabremos.

Sophy lo entendía, pero no le gustaba. No le gustaba nada. Y no podía imaginar que le gustara a George. Lo miró. Su rostro era inexpresivo y tenía los brazos cruzados.

–No puedo quedarme tanto tiempo –dijo Sophy–. Tengo una vida y un trabajo en California. No puedo dejar a Lily tanto tiempo.

–Tráela –intervino George.

–¿Quién es Lily? –preguntó Sam.

–Nuestra hija –respondió George.

Sam abrió mucho los ojos.

–¡Qué raro que nunca hayas mencionado nada de esto! –murmuró en dirección a George.

–No necesitabas saberlo –repuso éste.

Sam asintió, pero parecía todavía atónito.

No era el único.

La intención de Sophy había sido sólo pasar por el hospital el tiempo suficiente para devolverle a Tallie las llaves de George, darle las gracias por las pocas horas de sueño y decirle que Gunnar estaba bien. No esperaba tener que hablar con George; después del modo en que se habían despedido por la mañana, había asumido que no tenían nada más que decirse.

–Seguro que hay un Alquila una Esposa en Nueva York –comentó.

Sam no dijo nada.

–Te alquilaré una esposa –se ofreció ella.

–Bonito concepto de la retribución–murmuró George.

Sophy apretó los puños.

–Podrás irte a casa.

George la miró.

–Eso quiere decir que no lo harás.

Ella apretó los dientes. Se recordó que George no era él mismo. Y se recordó también que estaba en deuda con él.

Ella había deseado desesperadamente que funcionara su matrimonio.

Y descubrir que no era más que una obligación más, otro de los «líos de Ari» que George había tenido que arreglar, le había dolido más que el hecho de que Ari le diera la espalda con anterioridad.

Pero eso no era problema de George, sino suyo.

Y sabía que antes de seguir adelante, tenía que hacer lo que le había dicho a él que había ido a hacer allí... pagar sus deudas, aunque lo que hacía le recordara el viejo dicho de salir de la sartén para caer en el fuego.

En cuanto a por qué quería George que hiciera aquello si no quería estar casado con ella, quizá encontraría una respuesta, y quizá consiguieran por fin cerrar aquel capítulo de algún modo.

Se enderezó.

–De acuerdo. Lo haré.

Sam abrió mucho los ojos. George ni siquiera parpadeó.

–Pero sólo un mes... o menos si es posible –ella lo miró a los ojos–. Y entonces estaremos en paz.

Él sólo quería salir de allí ya.

Salir de la cama, vestirse y salir del hospital como

si hubiera pasado la noche en un hotel no muy agradable.

Por supuesto, no era así de sencillo. Para empezar, no tenía ropa, salir de la cama dolía terriblemente y caminar resultaba imposible. Llevaba muletas y una bota para darle apoyo al tobillo.

–Iré a tu casa a traerte algo de ropa –dijo Sophy.

–¿A mi casa?

Ella se encogió de hombros; sacó una llave del bolsillo del pantalón.

–Tu casa, sí. Tengo las llaves. Eso era lo que quería devolverle a Tallie.

Él la miró sorprendido.

–¿Tallie te dio la llave de mi casa?

Sophy volvió a encogerse de hombros.

–Cuando nos encontramos en el ascensor, yo estaba muy cansada, no había dormido en toda la noche. Y ella tenía cosas que hacer y no podía pasarse el día con Gunnar. Me ha pedido que fuera a tu casa en vez de a un hotel y que de paso durmiera unas horas. No he cotilleado nada.

George se encogió de hombros.

–Sólo me ha sorprendido, eso es todo.

–No fue idea mía, pero la cama ha estado bien y Gunnar es encantador –sonrió.

–Es un buen perro –comentó George.

Sus ojos se encontraron y hubo un momento de silencio incómodo, probablemente porque era la primera cosa en la que se mostraban de acuerdo desde que él abriera los ojos y la encontrara en la habitación del hospital.

–Muy bien –dijo George–. Vuelve a mi casa y tráeme ropa. Yo conseguiré el alta voluntaria mientras tanto —le dijo dónde estaban las cosas.

Sophy asintió.

—Volveré —volvió a estrecharle la mano a Sam al salir—. ¿Me dejará instrucciones? ¿Cosas que debo vigilar?

—De acuerdo.

Sophy salió llevándose consigo la bolsa de viaje y el maletín.

—Nunca me has hablado de Sophy —comentó Sam.

—No era necesario.

—Puede que para ti sí —el médico rió—. Debe de ser una historia interesante la vuestra. ¿Y con una hija? Creo que nunca te he conocido, George.

Éste lo miró.

—Piérdete —dijo.

—¿Un mes? Estás de broma —pero la voz de Natalie dejaba claro que no consideraba aquello un tema de risa—. Dime que no te has comprometido a quedarte un mes en Nueva York.

Sophy suspiró; sujetó el teléfono entre el hombro y la mandíbula y abrió un cajón de la cómoda de George para sacar ropa interior y calcetines.

—Con suerte no será un mes completo; quizá un par de semanas. Pero sí, es lo que he hecho.

—No tienes por qué hacer eso.

Sophy cerró el cajón.

—Estoy en deuda con George.

—¿Por qué?

—Por... cosas. Es un buen hombre —Sophy se acercó al armario. No quería hablar de George con Natalie pero no tenía elección. Eran socias y, si ella desaparecía tres o cuatro semanas, tenían que hacer algunos ajustes.

–Lo de «buen hombre» no explica nada –declaró Natalie.

Sophy le contó lo que había dicho Sam.

–Necesita tener a alguien cerca que compruebe que no sigue sangrando.

–¿Y crees que eres la única que puede hacer eso?

–No, no creo que sea la única. Pero de momento George cree que lo soy y –suspiró– tengo que seguirle la corriente.

–¿Eso te lo ha dicho el médico?

–No. Pero estresar a George no ayudará a que mejores.

–¿Y tú no vas a hacer que se estrese?

Sophy soltó una risita.

–Eso no puedo prometerlo –añadió una camisa y un pantalón caqui a la ropa anterior y lo metió todo en una bolsa de plástico que había encontrado en la cocina. Empezó a bajar las escaleras.

–No es por la herida en la cabeza –decidió Natalie.

–Puede que no –repuso Sophy–. A lo mejor es que necesito cerrar bien ese capítulo.

–Yo pensaba que ya lo habías cerrado.

–No estamos divorciados legalmente; ya te lo dije.

–Pero hace años que no vivís juntos. Él no ha estado a vuestro lado en absoluto.

–Yo no quería que estuviera.

–¿Y ahora sí quieres?

Sophy no sabía qué contestar. Sus emociones eran un torbellino; lo habían sido desde que la llamara el doctor de Urgencias. Además, lo que ella quisiera no importaba. Allí no se trataba de ella.

–Por supuesto que no. Sólo soy una esposa de alquiler. Es lo que hacemos, ¿no?

–Oh, vale –repuso Natalie después de un momento, aunque su voz no sonaba nada convencida.

–Tengo que hacer esto.

–Pues hazlo –hizo una pausa–. Te llevaré a Lily el sábado.

–Eres una joya –repuso Sophy, muy aliviada.

–Me alegro de que pienses así, pero la verdad es que quiero echar un vistazo al hombre que está jugando así con tu vida.

El hombre que jugaba con su vida estaba pálido como un muerto cuando esperaba en la acera apoyado en las muletas a que Sophy parara un taxi.

Por suerte, llegó uno casi enseguida. Ella abrió la puerta y él entró con dificultad y se derrumbó en el asiento con los ojos cerrados y el labio superior cubierto de sudor.

Cerró los ojos y Sophy aprovechó para observarlo. Cuando más lo hacía, más preocupada estaba. La respiración de él era muy superficial. Tenía los nudillos blancos, su nuez se movía al tragar saliva y daba la impresión de que tragaba mucha.

No abrió los ojos ni la boca hasta que el taxi paró delante de su casa. Sophy lo miró nerviosa.

–¿Puedes arreglarte? –preguntó cuando abrió la puerta.

–Sí –dijo él entre dientes.

Gunnar ladraba dentro de la casa. Sophy lo vio en uno de los ventanales con las patas en el alféizar.

–Se alegra de verte –dijo.

George sonrió débilmente.

—Y yo a él.

Subir las escaleras fue toda una tarea. No habría tenido problemas con las muletas si no se hubiera lesionado también el hombro al empujar a Jeremy fuera del camino del camión. De ese modo, una cosa complicaba la otra.

—Entra —le dijo a ella—. Yo acabaré por llegar.

Como Gunnar seguía ladrando, Sophy abrió la puerta y se apartó para que él pudiera subir las escaleras sin público. Gunnar se mostró encantado de verla. Saltó alegremente y le empujó las manos con el morro. Luego volvió a la ventana a vigilar a George.

Sophy fue a sujetar la puerta abierta para cuando él llegara. Cuando eso ocurrió, George estaba muy pálido.

—Sé que Sam ha dicho que te metas en la cama, pero no vamos a hacer más escaleras por el momento —le dijo ella.

Él no discutió. Se dirigió sin palabras a la sala de estar y se dejó caer en el sofá. Sophy corrió escaleras arriba y volvió con las almohadas y el edredón de su cama. George no se había movido y no abrió los ojos cuando llegó ella. Parecía completamente agotado.

Sophy le puso una almohada debajo de la cabeza y lo tapó con el edredón.

—¿Te traigo algo?

—No —contestó él en voz baja—. Estoy bien.

—Claro que sí —musitó ella con una sonrisa, incapaz de combatir el sentimiento de cariño, de amor, que la embargó—. ¡Oh, George! —tragó saliva con fuerza y parpadeó para reprimir unas lágrimas inesperadas.

Él abrió los ojos.

—¿Qué?

Sophy apartó la cabeza.

—Nada. Voy a por agua —echó a andar hacia la cocina.

—No necesito agua —le oyó decir.

—Pero yo necesito ir a por ella —repuso Sophy, sin volverse. Corrió a la cocina, donde, con un poco de suerte, conseguiría controlarse.

No podría sobrevivir un mes entero si se echaba a llorar a la menor ocasión.

La muerte no parecía una alternativa tan mala.

George no podía entender lo débil que estaba, lo mucho que le dolía la cabeza y lo mareado y fuera de control que se sentía.

Le resultaba imposible subir las escaleras hasta su cuarto. Lo único que quería hacer era cerrar los ojos y quedarse inmóvil.

Lo que no quería era lidiar con Sophy.

Por supuesto, era culpa suya que ella estuviera allí.

Cuando la oyó volver, abrió los ojos, aunque la habitación empezó a dar vueltas en cuanto lo hizo.

—No hace falta que te quedes.

—Claro que no —repuso ella. Pero no hizo ademán de moverse.

—Pues vete —insistió él con toda la firmeza de que fue capaz—. En el hospital tenías razón. Hay muchas enfermeras en Nueva York. Llama a una.

—Me parece que no.

—Sophy...

—Voy a sacar a Gunnar. Vamos, amiguito —chasqueó los dedos y el perro, que estaba al lado del sofá, se incorporó y la siguió obediente escaleras abajo.

George no los oyó volver.

Debía de haberse quedado dormido. No sabía cuánto tiempo. Lo primero de lo que fue consciente fue de un olor delicioso. Lo segundo, de que la cabeza ya no le dolía tanto. Se movió lentamente para experimentar. El dolor seguía allí, pero era menos explosivo. Dolía, pero no tanto como para darle náuseas.

Abrió los ojos.

Sophy estaba sentada en la mecedora con su ordenador portátil en el regazo y la cabeza baja. Su pelo cobrizo ocultaba su rostro. Él volvió la cabeza para intentar verla mejor y ella alzó la mirada.

–Ah, estás despierto. ¿Cómo te encuentras?

George movió la cabeza de nuevo.

–Mejor.

–¿Quieres que te traiga algo?

Él flexionó los hombros y descubrió que la mayoría de sus músculos seguían de huelga.

–Quizá el agua que prometiste antes.

Sophy dejó el ordenador y se levantó a buscarle un vaso.

–Gracias –dijo George cuando ella se lo tendió.

No esperaba que ella se arrodillara a su lado y le pasara el brazo por debajo de los hombros para alzarlo lo suficiente para que pudiera beber fácilmente. Le permitió hacerlo porque le ayudaba y porque el pelo de ella le rozaba la mejilla y podía inhalar su aroma como en otro tiempo. El aroma de ella era tan único que, aunque no hubiera sabido que ella estaba allí, le habría bastado con inhalar una vez para averiguarlo.

Tragó saliva muy deprisa y se atragantó. Tosió y la cabeza volvió a dolerle terriblemente.

Sophy dejó el vaso y apretó el brazo en torno a sus hombros.

—¿Estás bien?

George volvió a toser.

—Sí. Es que... me he atragantado. Estoy bien.

Ella lo ayudó a tumbarse y sacó el brazo de debajo de él. Se sentó en los talones.

—¿Seguro que quieres estar en casa? Puedo llamar a Sam y decirle que has cambiado de idea. O decirle que venga. Ha dicho que pasaría después del trabajo.

—No.

—Pero...

—¡No! No pienso volver y Sam no vendrá aquí. De eso nada. No dejaré que venga a ligar contigo y...

—¿Qué?

Él la miró.

—¿No has notado que Sam se mostraba muy interesado?

—¿Interesado en qué?

—En ti.

—¿En mí? Oh, no digas tonterías. Acabamos de conocernos. Hemos pasado cinco minutos hablando de ti y...

—Sam no necesita mucho tiempo, es muy rápido —murmuró George—. Tú no quieres tontear con él. No es de fiar.

Sophy lo miró.

—Yo tontearé con quien me dé la gana, gracias.

—Sam es un mujeriego.

—Ari era un mujeriego. Yo sé mucho de mujeriegos.

George se quedó frío de pronto. Ari. Siempre volvían a Ari. Apoyó la cabeza en la almohada.

–Y eso es lo que quieres, ¿verdad? –dijo con voz apagada–. Márchate, Sophy. Me das dolor de cabeza.

Cerró los ojos.

George se negó a comer la sopa de pollo que hizo ella.

Ella le dijo que, si no comía, llamaría a Sam.

Él la miró ceñudo, pero cuando ella empezó a marcar el número de Sam, tomó la cuchara y empezó a comer.

Al final comió dos tazones porque, una vez que empezó, terminó el primero rápidamente y Sophy se lo rellenó sin preguntarle.

No era su intención comer con él, pero cuando se retiró a la cocina después de rellenarle el tazón, él la llamó:

–¿Te escondes en la cocina?

–No, no me escondo –repuso ella, irritada–. Estoy dando de comer a Gunnar.

Y cuando el perro terminó de comer y volvió contento con George, a ella no le quedó otro remedio que llevar su tazón y regresar también.

Él tenía mejor aspecto. Después de haber dormido, tenía algo de color en las mejillas. Dijo que su dolor de cabeza había mejorado y que la habitación había dejado de dar vueltas. Se había sentado en el sofá para comer y seguía sentado.

–La sopa está buena –comentó George.

–Gracias.

–Siempre fuiste buena cocinera.

–Gracias de nuevo.

–Puedes sentarte. Voy a terminar con tortícolis si tengo que mirarte así mucho rato.

Sophy se sentó en el borde de la mecedora con el tazón de sopa en una mano y la cuchara en la otra. Comió en silencio y, cuando terminó, se levantó con brusquedad.

–Voy a sacar a Gunnar a dar un paseo.

No esperó a oír lo que tenía que decir George de aquello. Tomó la correa del perro y se fueron. Como era de noche, llevó al animal a la avenida Amsterdam y caminaron al sur desde allí. Se prometió que al día siguiente irían a Central Park, donde los perros podían correr sin correa antes de las nueve.

–Este paseo no es por ti –le dijo a Gunnar–. Es por mí.

Necesitaba alejarse un poco de George y de los sentimientos que evocaba en ella.

Caminó a buen paso mientras se decía que aquello era un trabajo, no una segunda oportunidad. Hacía lo que tenía que hacer para poder alejarse sabiendo que la balanza estaba equilibrada y que no le debía nada al hombre que se había casado con ella.

Se sermoneó hasta la calle 72 y a la vuelta caminaron más despacio y le contó a Gunnar cómo era su hija y cuánto le gustaban los perros. Pensar en Lily la ayudó y cuando llegaron a la casa se sentía tranquila y en control.

En cuanto abrió la puerta y le quitó la correa, Gunnar salió corriendo hacia la sala de estar. Sophy lo siguió con menos entusiasmo.

George no estaba allí.

Capítulo 4

G EORGE? –Sophy parpadeó al ver el sofá vacío–. ¡George!

Se asomó a la cocina, pero tampoco estaba allí. Ni en el baño del primer piso.

Salió del baño y volvió a la sala de estar.

–¡George! –gritó–. ¡Maldita sea!, ¿dónde estás?

Las muletas estaban apoyadas al lado del sofá, pero tampoco las había usado para subir los escalones hasta la casa, así que probablemente había aprovechado su ausencia para subir arriba.

–Idiota –murmuró ella.

Podía haberse caído. Sophy subió las escaleras de dos en dos hasta el dormitorio de él, donde había ido antes a buscar su ropa.

Entró en la estancia y encendió la luz. Se alegraba de que él hubiera tenido el buen sentido de meterse en la cama, pero la irritaba que hubiera esperado a que ella se fuera para hacerlo.

–¡Maldita sea, George! No puedes hacer esas cosas. Tienes que...

Pero la cama estaba vacía.

Tampoco estaba en la habitación contigua. Sophy empezó a preocuparse. ¿Era posible que se hubiera sentido mal y hubiera pedido una ambulancia?

–¡George! –bajó las escaleras y se asomó un momento a la habitación donde había dormido ella por si sólo había conseguido llegar hasta allí. También estaba vacía.

Quizá había intentado levantarse, se había caído y yacía en alguna parte comatoso.

–¡George! –gritó de nuevo cuando llegó a la sala de estar.

–¡Por el amor de Dios, deja de gritar! –la voz de él llegaba desde el despacho situado al lado del jardín trasero.

Sophy apretó los dientes y bajó las escaleras.

George estaba sentado en su silla de trabajo mirando la pantalla del ordenador y leyendo un correo electrónico. Gunnar, que evidentemente lo había encontrado enseguida, alzó la vista desde su posición a los pies de su amo y movió la cola.

George ni siquiera la miró.

Sophy lo miró con furia. Se acercó y miró la pantalla por encima del hombro de él.

–¿Esta ventana es la única que tienes abierta?

–Sí.

–¿Está guardado?

–Por supuesto.

–Bien –ella dio la vuelta a la mesa y desenchufó el ordenador. La pantalla se puso negra al instante.

–¿Qué demonios...? –él se volvió a mirarla–. ¿Por qué has hecho eso?

–Yo diría que es evidente. Te estoy salvando de ti mismo.

–Podías haberme dicho que apagara el ordenador.

–Ah, y eso habría funcionado, ¿verdad? Me parece que no.

Mientras hablaba, ella desconectó el cable del ordenador, miró a su alrededor en busca de un lugar donde guardarlo, abrió el cajón superior de un archivador, metió el cable, cerró el cajón con llave y se la guardó en el bolsillo.

George la miró atónito.

–¿Estás loca? Necesito trabajar. Por eso he venido a casa.

–No estás en condiciones de trabajar.

–¿Quién lo dice?

–Yo. Y Sam. Me has contratado para que cuide de ti y eso es lo que hago.

–En ese caso, estás despedida.

–Intenta echarme de aquí –lo retó ella–. No puedes. Y yo no me voy. He dado mi palabra y yo la cumplo.

–¿De verdad? –preguntó él.

Sophy supo que hablaban ya de algo diferente. Tragó saliva y se cruzó de brazos. Su mirada vaciló un segundo, pero luego se hizo más firme. Independientemente de lo que él pensara, ella siempre cumplía su palabra. Alzó la barbilla y lo miró.

–Sí.

George pareció a punto de discutir, pero acabó por encogerse de hombros.

–Quizá sí –comentó.

Ella no sabía lo que quería decir con eso y no estaba segura de querer saberlo. Permaneció con los brazos cruzados y la mirada firme.

–Tengo que trabajar en algún momento, Sophy.

–Esta noche no.

–Mi cabeza está mejor.

–Me alegro. Esta noche no.

Él parecía casi divertido.

–¿Te vas a quedar ahí diciendo eso hasta mañana?

–Si es preciso, sí.

George suspiró. Movió la cabeza.

–Eres una mandona.

Ella se encogió de hombros.

–Es hora de acostarse.

–¿Eso es una invitación? –George enarcó las cejas y sonrió débilmente.

–No, es una orden.

Él rió; e hizo una mueca por el efecto que eso le produjo en la cabeza. Se levantó y echó a andar despacio hacia las escaleras. Tenía que pasar a centímetros de ella para llegar allí.

Sophy quería apartarse, darle espacio de sobra, mantener la distancia. Pero percibía que, si lo hacía, él lo vería como una retirada. Y ella no tenía la menor intención de huir.

Permaneció donde estaba y le devolvió la mirada cuando él paró a su lado, tan cerca que ella sólo tenía que inclinarse un poco para besarle la mandíbula.

Él no dijo nada, simplemente la miró largo rato. No habló pero el aire parecía vibrar con alguna carga extraña de electricidad. Sophy no parpadeó.

Al fin él cojeó despacio hacia las escaleras.

–¿Vienes? –dijo por encima del hombro–. ¿O te vas a quedar ahí y prender fuego a mi despacho?

Sophy respiró hondo.

–No, te sigo... preparada para recogerte si te caes –dijo con mucha más ligereza de la que sentía.

Era como escalar el Everest.

Y George no podía quejarse, porque si lo hacía,

Sophy le diría que ya se lo había advertido o alguna cosa igual de irritante.

Tampoco podía ir a tumbarse de nuevo en el sofá porque, cuando por fin llegó al primer piso, ella dijo:

–Será mejor subir del todo aprovechando que te encuentras mucho mejor. Voy a por tus muletas.

Al menos eso le dio treinta segundos de respiro hasta que ella volvió a su lado con las muletas y dijo animosa:

–Te sigo.

George pensó que le estaría bien empleado que se cayera encima de ella.

No lo hizo. Pero no por falta de oportunidades. Contó cada escalón que subía. Había veinte en cada piso, pero parecían muchísimos más. Las muletas no ayudaban, como ya sabía por su experiencia en el exterior. Y bajar al despacho no había sido problema porque se había dejado deslizar con cuidado por la barandilla. Aunque no tenía ninguna intención de decirle eso a Sophy.

Ella lo seguía en silencio y George sentía sus ojos clavados en él.

–No hace falta que esperes –comentó entre dientes–. Puedes subir delante.

–No hay prisa –respondió ella–. No me importa.

A él sí le importaba, pero tampoco le iba a decir eso. Siguió avanzando despacio y, cuando por fin consiguió llegar a su habitación, su cama nunca le había parecido tan maravillosa.

Sophy había entrado delante de él. Apartó el edredón y ahuecó las almohadas. Cuando terminó y se apartó, él pudo dejarse caer por fin en el colchón, aunque intentó que no se notara el alivio que sentía.

–La camisa –dijo Sophy antes de que él llegara a tumbarse.

George la miró y parpadeó. Ella tenía la mano extendida.

–No puedes dormir vestido –dijo con paciencia.

Pues claro que podía. Lo hacía muchas veces después de trabajar hasta altas horas. Pero ella se arrodilló entre sus piernas y le desabrochó la camisa como si tuviera cuatro años. Después se incorporó y se la quitó con gentileza.

–Túmbate –indicó.

–Creí que habías dicho que no podía dormir con esta ropa.

–Y no lo harás.

Ella le puso una mano en el pecho y le dio un empujón suave para que se tumbara. Le alzó las piernas en la cama y le quitó la bota ortopédica, el zapato y el calcetín. Empezó a desabrocharle el cinturón.

George la miró interesado.

–No creas que esto va a llevar a ninguna parte –comentó ella.

Le quitó el cinturón y le bajó la cremallera del pantalón con la misma eficiencia y falta de interés que podía mostrar una enfermera.

–Levanta –le ordenó.

Y él apenas tuvo tiempo de reaccionar cuando ella le bajaba ya el pantalón por las caderas y las piernas. Sophy tiró del edredón, lo tapó con él y se apartó.

–Ya está –dijo con aire satisfecho–. Voy a buscarte un vaso de agua. Puedes tomarte una de las pastillas que te ha dado Sam y dormir.

Desapareció un momento en el cuarto de baño y regresó con un vaso de agua y la susodicha pastilla.

–¿Para qué es? –preguntó él.

–Para el dolor.

–¿Y no se te ha ocurrido dármela antes de que subiera tres pisos de escaleras?

–Podías habérmela pedido tú. Si te la hubiera ofrecido yo, la habrías rechazado, ¿no es así?

George frunció el ceño y no respondió porque ella probablemente tenía razón.

Sophy le sonrió.

–Eso me parecía. Querías demostrarme lo duro que eres.

George no contestó. Cerró los ojos y tuvo la sensación de que no quería volver a abrirlos nunca más.

–Buenas noches –musitó Sophy.

Echó a andar hacia la puerta.

–Sophy.

Ella se volvió.

–¿Qué?

–¿No me das un beso de buenas noches?

Sophy sabía que sólo quería provocarla.

Porque se había quedado mirando cómo subía las escaleras sin marcharse y dejar que lo hiciera solo. Porque había mantenido la distancia y el equilibrio mientras le quitaba los pantalones y la camisa. Porque casi había escapado con su cordura intacta.

Pero George no iba a dejar que ocurriera eso.

–¿Qué? –respondió ella–. ¿Para que te suba la tensión? A Sam no le gustaría.

Si había algo que podía subirle la tensión, seguramente era mencionarle a Sam.

La sonrisa burlona desapareció inmediatamente de

su cara. George apoyó la cabeza en las almohadas y miró el techo.

—Y Dios sabe que no queremos hacer eso —comentó con amargura.

Ella lo miró sorprendida. Ella se refería al Sam neurólogo y él parecía estar pensando en el Sam mujeriego. Frunció el ceño.

—¿Qué te pasa con Sam? —preguntó.

Él volvió levemente la cabeza para mirarla.

—¿Con Sam? Nada.

—¿Y qué es lo que insinúas?

—Nada. No insinúo nada.

Pero era obvio que sí. Y resultaba igual de obvio que no iba a hablar de ello. Sophy movió la cabeza.

—Muy bien. Como quieras.

Y a continuación, porque no iba a darle la satisfacción de saber que la había alterado, dijo:

—Y por lo que pueda servir, aquí tienes tu beso de buenas noches.

Cruzó rápidamente la estancia, antes de que tuviera tiempo de arrepentirse, se inclinó, lo besó un segundo en los labios y retrocedió sonriente.

—Buenas noches, George —dijo con firmeza. Se giró y apagó la luz.

—No ha sido un gran beso —comentó él.

Ella siguió andando, negándose a dejarse picar y procurando no darse cuenta de que le cosquilleaban los labios.

—Dulces sueños, Sophy —dijo él a sus espaldas.

Ella se llevó un dedo a los labios y se dijo que lo que sentía no tenía nada que ver con haberlo besado.

Era sólo porque... porque...

No lo sabía. No se le ocurría qué otra cosa podía

haberlo causado, y por fortuna no tenía que hacerlo porque sonó su móvil.

Era un número local, pero no lo reconoció.

—¿Sophy? Soy Tallie. El móvil de George no contesta. He llamado al hospital y me han dicho que su esposa se lo ha llevado a casa.

—No ha sido idea mía —Sophy le explicó lo que les había dicho el médico—. No quería dejarlo marchar a menos que hubiera alguien con él. Y George me ha contratado a mí.

—¿Contratado?

—Bueno, él lo ha llamado así. No temas, no dejaré que me pague. Se lo debo, así que le voy a devolver el favor y pagarle lo que le debo.

—Estoy segura de que George no lo ve de ese modo. Pero al menos te quedas aquí. Eso es maravilloso. ¿Cuándo llega Lily?

Sophy notó que Tallie esperaba que se quedara tanto como para que fuera también su hijo.

—El sábado —contestó—. La trae mi prima.

—Estupendo. Os invitaremos a casa. Elías es muy bueno en la barbacoa. O si George no está bien, iremos allí y llevaremos comida.

—Está todavía bastante débil —contestó Sophy—. Creo que de momento necesita paz y tranquilidad.

—Pues esperaremos a que estéis preparados —decidió Tallie—. Es muy buena noticia. Ya verás cuando se enteren mis padres.

—No —protestó Sophy—. Están muy lejos. No tienes por qué hablarles del accidente. Se preocuparán. Y yo no quiero que les digas que estoy aquí.

Hubo una pausa.

—Sí —acabó por decir Tallie—. Seguramente tienes

razón. Será mejor no decir nada hasta que esté todo arreglado.

–¡Tallie! –la riñó Sophy–. Esto no es una reconciliación. Estaré aquí poco tiempo. Yo vivo en California y George vive aquí. Nos vamos a divorciar.

–Podéis cambiar de idea.

–Buenas noches, Tallie –dijo Sophy con firmeza–. Me voy a la cama. Ha sido un día largo.

Se duchó, se puso la camiseta larga que había llevado para dormir, se lavó los dientes, la cara y se disponía a meterse en la cama cuando sonó de nuevo el teléfono.

–Hola, soy Sam.

–Hola.

–Quiero preguntar por mi paciente. Sospecho que serás más sincera tú que él.

–Está vivo –repuso Sophy–. Gruñendo y protestando. He sacado un rato al perro y ha aprovechado para bajar a trabajar a su despacho.

–Vas a tener que vigilarlo.

–Lo haré.

–Esta noche toda la noche.

–¿Cómo que toda la noche?

–No es preciso que la pases en vela, pero tienes que despertarte y pasar a verlo de modo regular. Y estar donde está él.

–¿Dónde?

–Donde esté él.

–En la cama.

–Perfecto. Despiértalo cada par de horas. Haz que hable contigo, comprueba que lo que dice tiene sentido. Llámame si hay problemas. Haz lo que tengas que hacer.

Colgó el teléfono y Sophy se quedó mirando el aparato con ganas de tirarlo con fuerza contra la pared. Luego sintió el impulso de fingir que no había recibido aquella llamada, de meterse en la cama y olvidarla. Podía poner su despertador de viaje y levantarse a ver a George cada par de horas.

¿Pero y si él la necesitaba?

No la llamaría, eso seguro. Era demasiado terco para admitir que necesitaba ayuda. ¿Pero y si la necesitaba de verdad?

–¡Oh, maldición! –murmuró. Se puso la bata de viaje, arrastró el edredón y la almohada con ella y subió al cuarto de George.

Estaba oscuro. Y silencioso. Probablemente él dormía. Ella confiaba en que fuera así. Se acercó al lado más cercano de la cama y empezó a acomodarse en el suelo.

–¿Se puede saber qué haces?

Ella siguió extendiendo el edredón. Gunnar se acercó a ver lo que hacía.

–Voy a dormir aquí.

–¿En el suelo? –George se puso de costado y la miró en la oscuridad–. ¿Te has vuelto loca?

–Ha llamado Sam. Dice que tengo que estar pendiente de ti.

–¿En serio? –George parecía de pronto de mucho mejor humor–. ¡El bueno de Sam!

Sophy hizo una mueca. Se sentó en el edredón, que parecía muy fino entre ella y el suelo. Al menos estaría despierta para despertarlo.

–No seas idiota. Súbete a la cama.

–Estoy bien –ella se envolvió en el edredón y puso la cabeza en la almohada. Gunnar acercó la cara y le tocó la mejilla con el morro. Ella sacó una mano y le acarició la oreja.

–Sophy.

–Estoy bien.

–Tan bien como yo subiendo esas escaleras.

–Exactamente –el suelo estaba muy duro.

George soltó una palabrota y Sophy oyó crujir la cama. No hizo caso... hasta que se dio cuenta de que él se había levantado y colocaba el edredón de su cama en el suelo al lado de ella.

Ella se sentó en la oscuridad y miró su camiseta blanca a la luz de la luna mientras él se tumbaba a su lado.

–¿Qué crees que estás haciendo? –preguntó.

–Ser tan estúpido como tú –repuso él. Se estiró sobre el edredón arrugado–. Y eso es muy estúpido. Este suelo está durísimo.

–Pues vuelve a la cama –gruñó Sophy–. Tienes que estar en la cama.

–Eso depende de ti.

Ella refunfuñó.

–Ya estás otra vez obligándome a hacer lo que crees que más me conviene –señaló.

–Y a veces hasta tengo razón –musitó él.

Lo cual era cierto.

–Muy bien.

Ella se puso en pie, lanzó el edredón sobre la cama de él y se colocó encima.

–Ah, se impone la cordura –George intentó subir también a la cama, pero para él era más difícil. Sophy pensó que le estaba bien empleado, pero casi enseguida se sintió culpable. Él estaba así porque le había salvado la vida a un niño.

–Dame la mano –dijo.

Extendió la suya y él se aferró a ella de inmediato.

Incorporarse era más complicado de lo que Sophy había imaginado. Él no llevaba la bota de sujeción, así que debía tener cuidado con el tobillo además de con el hombro.

–No puedo creer que hayas hecho esto –ella se movió para pasarle un brazo por el cuerpo y ayudarlo a incorporarse.

–Es culpa tuya –repuso él entre dientes.

Por fin se puso en pie y consiguió subir a la cama. Sophy le echó el edredón por encima y a continuación se metió en la cama por el otro lado. Debía de haber al menos sesenta centímetros entre los dos. Distancia de sobra siempre que estuvieran despiertos.

Porque dormida no se fiaba de sí misma y no quería despertar y encontrarse en brazos de George.

–Te he dicho que la cama era grande –comentó George.

Sophy pensaba que no era lo bastante grande.

–Gunnar –dijo–. Aquí, Gunnar.

El perro no se hizo de rogar. Su forma negra los miraba desde los pies de la ama.

–¡Por el amor de Dios! –murmuró George.

–¿No le dejas que se suba a la cama? Ah, vamos cuéntame otra –Sophy palmeó el espacio entre ellos y Gunnar se acercó al instante y se tumbó con un suspiro de contento.

Sophy se volvió de lado, dando la espalda al perro y a George y se preguntó si iba a poder dormir algo antes de que tuviera que despertarse de nuevo.

Cuando abrió los ojos, le sorprendió ver que era por la mañana y que el cuerpo cálido contra el que estaba acurrucada no estaba cubierto de pelo negro.

Capítulo 5

GEORGE supo en qué momento exacto se despertó Sophy.

La respiración de ella cambió de ritmo. Y al darse cuenta de dónde estaba, su cuerpo se puso tenso. Abrió los ojos con algo parecido al horror.

–Se fue –comentó él, negándose a disculparse, a retirarse ni a hacer ningún esfuerzo por desenredar las extremidades de ambos. Seguramente se arrepentiría más tarde, pero por el momento no. Y por el momento pensaba quedarse donde estaba.

–¿Gunnar? –Sophy se movía ya, ponía espacio entre ellos.

George no la retuvo. La dejó ir como si no le importara nada.

–¿Qué hora es? –preguntó ella. Se sentó en la cama y se pasó los dedos por el pelo.

–Poco antes de las ocho –George señaló con la barbilla el reloj que había en la cómoda.

Sophy lo miró como si la hubiera decepcionado.

–Yo tenía que despertarte durante la noche.

–Estabas cansada. Y debías de estar cómoda –insinuó él.

Ella lo miró de hito en hito. Sacudió la cabeza, como si intentara encontrar sentido a lo que había ocurrido. Se encogió de hombros y se cruzó de brazos.

Gunnar llegó y empujó a George con el morro. Él lo rascó detrás de las orejas como hacía todas las mañanas.

–Gracias por marcharte anoche –le dijo al perro–. Muy agradecido –añadió, como si Gunnar lo hubiera hecho adrede.

Y probablemente era así, pues una vez que George estuvo seguro de que Sophy se había dormido, se dedicó a darle golpecitos al perro en la pata.

A Gunnar no le gustaba que le tocaran las patas, así que acabó por levantarse y tumbarse en la alfombra al lado de la cama. Luego, a menos que las costumbres de Sophy hubieran cambiado, sólo era cuestión de esperar.

George había esperado.

Estaba acostumbrado a esperar. Con ella tenía la sensación de haber esperado eternamente. De hecho, estaba tan cansado que se quedó dormido esperando.

Pero despertó en algún momento de la noche y descubrió que Sophy estaba acurrucada contra él. Se volvió instintivamente hacia ella. Y como ella seguía dormida, le acarició el pelo, le besó la barbilla e incluso se permitió un beso lento en la frente.

¿Por qué no? La autoconservación no era tan importante como se decía.

Pero ahora se sentía frustrado pensando qué más cosas le habría gustado hacer con ella. Salió de la cama y cruzó la habitación a la pata coja para buscar ropa interior limpia.

Vestirse fue una batalla. Pasar la camiseta por la cabeza no fue fácil porque le dolía el hombro; pero la cabeza ya no parecía un yunque al que dieran martillazos continuos y los moratones no estaban peor.

Cuando se pusiera una camisa de manga larga, la mayoría ni siquiera resultarían visible.

Aun así, cuando se abrochaba el pantalón, la cabeza le daba vueltas y, cuando entró en el baño a afeitarse, acabó agarrándose a la encimera para no caer.

No le apetecía afeitarse, pero la barba oscura de más de dos días no le sentaba bien. Abrió el grifo de agua caliente y empezó a enjabonarse.

–¿Qué haces? –preguntó Sophy a sus espaldas.

George la miró en el espejo. Ya se había vestido. Él acercó la cuchilla a su cara.

–Adivina.

Ella apretó los labios como si pensara que él hacía aquello para provocarla.

–Ten cuidado, no te caigas –se volvió hacia la cama–. Cuando termines, tendrás que volver a tumbarte.

A juzgar por el modo en que volvía el yunque al interior de su cabeza, George no dudaba de que ella tenía razón. Pero no le importaba.

–Tengo una clase a las once –dijo.

Ella se volvió y sus miradas se encontraron de nuevo en el espejo.

–¿Clase? No digas tonterías. Tienes que volver a la cama, no ir a clase.

Él siguió con su tarea sin contestar. Sus dedos no estaban muy firmes. Al paso que iba, se cortaría la garganta. La cabeza le daba vueltas y quería desesperadamente terminar y sentarse, pero no podía descansar con Sophy mirándolo. En vez de eso, apoyó su peso en el lavabo.

–¿Se va a parar el mundo porque no des tu clase? –preguntó Sophy.

–Es mi trabajo.

–Ah, sí. Deber. Responsabilidad –ella estiró el edredón en la cama. Sus ojos lanzaban chispas.

George intentó mantenerse erguido.

–¿Tú no crees en eso? –preguntó.

–Pues claro que creo en eso. Pero también creo en la cordura y el sentido común. ¿Tú no?

Él empezó a apretar los dientes, pero eso hacía que le doliera la cabeza.

–Sólo voy a dar una clase, no voy a conducir ganado, subir escaleras ni taladrar suelos.

–¿Y crees que es tan importante que vayas? –ella lo miró a los ojos.

–No sería el fin del mundo que no fuera, pero puedo ir y debería hacerlo. Es cuestión de dar ejemplo –explicó él.

Ella apretó los labios. Suspiró.

–Muy bien. Si no te cortas la garganta afeitándote antes de que sea hora de salir, tomaremos un taxi.

Él se detuvo con la cuchilla en mitad de la mejilla.

–¿Cómo que tomaremos?

Sophy se encogió de hombros.

–Si tú vas, yo voy contigo. Es mi trabajo.

Ella no sabía nada del trabajo de George.

Sabía que era físico y que enseñaba Física en la Universidad de Columbia. Su hermana le había dicho que había tenido muchas ofertas, pero había aceptado aquélla dos años atrás, cuando terminó su trabajo en Suecia.

–Supongo que tenía razones para volver a Nueva York –había dicho Tallie.

Pero a Sophy no se le ocurrió ninguna aparte de

que sus padres y su hermana estaban cerca. Desde luego, ella no lo estaba. Al terminar su matrimonio se había marchado de Nueva York y él no enseñaba Física cuando estaban casados.

Hacía algo relacionado con la Física, pero ella no sabía qué. Él no se lo había dicho.

Ari siempre había dicho que George era muy inteligente. Sophy sabía que tenía un doctorado y su familia decía que estaba muy solicitado. En la época de su matrimonio, Socrates, el padre de George, le había dicho que tenía una oferta en una universidad de Suecia y esperaba aceptarla unos meses después de la boda.

Sophy había preguntado a George, pero éste se había limitado a decir que no era nada importante.

Para ella sí era importante. Y si él se hubiera tomado en serio su matrimonio, habría compartido aquello con ella. Después de todo, era algo relacionado con su futuro.

Pero él había esquivado sus preguntas, no sólo sobre aquella oferta, sino también sobre lo que hacía, con lo cual Sophy había acabado por sentirme mal preguntando, como si se entrometiera donde no tenía derecho a entrar.

Pero ese día iría a clase con él, le gustara o no.

George no discutió. Y eso le demostró que debía sentirse muy mal y que ella hacía bien en acompañarlo, siempre, claro, que él no recuperara antes el sentido común y se quedara en casa.

—Prepararé el desayuno —dijo—. Gunnar ha salido una vez. ¿Le doy un paseo?

—Si quieres, sí. Yo suelo llevarlo al parque por la mañana. Los perros pueden estar sin correa en Central

Park hasta las nueve. Pero no pasa nada porque se pierda un par de días. Puedes sacarlo esta tarde.

–Vamos, pues –dijo Sophy a Gunnar–. Daremos una vuelta rápida ahora y luego prepararé el desayuno. Quizá tu amo haya visto la luz cuando volvamos.

Gunnar empezó a saltar impaciente, como si entendiera todas las palabras de ella.

George hizo una mueca y siguió afeitándose.

Pero Sophy había visto que se apoyaba con fuerza en el lavabo y sabía que era lo bastante terco para caerse antes que sentarse y descansar con ella allí.

–Los hombres son idiotas –dijo al perro cuando bajaban las escalera.

Gunnar no la contradijo.

Dieron una vuelta de quince minutos. Cuando volvieron, ella preparó huevos revueltos y tostada y sacó también cereales.

Hacía media hora que tenía el desayuno preparado cuando George bajó las escaleras. Cuando Sophy lo vio, apoyado en las muletas, con algún corte que otro en las mejillas afeitadas y la cara pálida, sintió un fuerte impulso de correr hacia él, pero se contuvo.

Se agarró al borde de la encimera para no moverse del sitio y sonrió.

–¡Ah, has llegado! Bien. El desayuno está listo –señaló la mesa.

Suponía que él comería habitualmente en el mostrador que separaba la cocina moderna de la zona de comedor más formal; pero no quería tenerlo encima mientras ella trabajaba en la cocina.

–Yo no como ahí –dijo él con brusquedad.

–Hoy sí.

Él negó con la cabeza.

–No. Es mucho más fácil levantarse y sentarse en un taburete que en una silla.

Sophy suspiró, irritada porque él tenía razón. Cambió el desayuno al mostrador.

–¿Así está bien?

–Sí, gracias –él sonrió.

George no solía sonreír. Era demasiado serio, demasiado intenso. Su expresión habitual era grave y costaba imaginárselo bromeando.

Por eso, cuando sonreía, su sonrisa casi conseguía parar corazones. O al menos el corazón de Sophy.

Recordó lo serio que estaba cuando la enfermera le puso en brazos a Lily a los pocos minutos de nacer. Tenía entonces una expresión entre maravillada y aterrorizada. Pero luego Lily intentó enfocar sus ojos en él y cerró instintivamente la manita en torno a un dedo de él y George sonrió ampliamente.

¡No! Sophy apartó aquel recuerdo y abrió la puerta del frigorífico.

–¿Quieres zumo? –preguntó.

–Sí, gracias.

Ella le sirvió zumo de naranja y empezó a lavar los platos.

–¿Tú no comes? –preguntó él.

–Ya he comido –y no quería sentarse con él, no quería provocar más recuerdos–. Y necesito hablar con Natalie. Tengo trabajo propio, ¿sabes?

–Lo sé –repuso él. Y ella se sintió de inmediato culpable por recordarle sus responsabilidades. Después de todo, él no le había pedido que lo acompañara.

Movió la cabeza y salió de la habitación.

George, como era de esperar, no cambió de idea

respecto a ir a trabajar, así que Sophy bajó las escaleras detrás de él llevándole el maletín.

En la avenida Amsterdam paró un taxi y él subió y se sentó sin decir nada. Apoyó la cabeza en el respaldo del asiento y cerró los ojos hasta que llegaron a la universidad.

–¿Qué edificio es? –preguntó ella cuando se acercaban.

Él se lo dijo. Y ella se lo dijo al taxista para que los acercara lo más posible. Aun así, tenían que andar un poco al salir del taxi y George se puso muy pálido e incluso se detuvo una vez.

–¿Doctor Savas? ¡Oh, Dios mío! –una rubia de ojos brillantes corrió hacia ellos cuando se dirigían a la entrada del edificio–. ¿Qué ha pasado?

Otros estudiantes, casi todas chicas, se unieron a ella y rodearon a George, casi aplastando a Sophy en el proceso.

Ella, divertida, se apartó, curiosa por ver cómo reaccionaría él a esas muestras de preocupación, a tantas mujeres decididas a cuidarlo.

–¡Sophy! –gritó George. Y el mar de estudiantes se abrió y apareció él buscándola con los ojos. Algo que parecía alivio cubrió su rostro al verla. Le sonrió y las estudiantes lanzaron murmullos de consternación.

Una de las chicas preguntó:

–¿Quién es ella?

–¿A quién le importa? –contestó otra–. Es vieja.

Sophy no se molestó en contestar. Pero George sí.

–Es mi esposa –señaló la puerta con la cabeza–. Por aquí –esperó a que ella se reuniera con él antes de avanzar.

Las chicas los siguieron descorazonadas.

—No sabía que estaba casado —gruñó una.

—¿A quién le importa que esté casado? —preguntó otra.

Tres o cuatro soltaron risitas.

George siguió andando, pero cuando llegó a su despacho, parecía atormentado. Sophy le tomó la llave y abrió la puerta.

—Cierra —le dijo él en cuanto entraron. Y se sentó pesadamente en su silla.

—¡Caray! —comentó Sophy—. La universidad ha cambiado desde que fui yo. ¿Siempre se portan como si fueras un músico famoso?

—No siempre. Y menos últimamente. Las de mi clase creen que soy muy duro y no deberían haberme elegido como profesor.

—Pero... —musitó ella.

Él se encogió de hombros.

—Son chicas. ¿Qué quieres que diga?

—¿Insinúas que todas las chicas son unas bobas que se dejan llevar por las hormonas?

—Todas no —repuso él—. Tú no.

—No —replicó Sophy—. Yo no. ¿Hay algo que pueda hacer ahora para ayudar?

George le señaló los archivadores de su despacho y le pidió el material que quería para la clase del día. Iba a demostrar algo con botellas, agua y hielo. Sophy tuvo que ir a buscar el hielo al frigorífico de la sala de profesores.

—¿Algo más? —preguntó luego.

—Creo que está todo —George tomó las muletas y echó a andar hacia su clase. Y Sophy lo siguió con los brazos llenos de botellas, hielo y una jarra de agua.

George fue toda una revelación en el aula. Seguramente era un profesor duro y hacía trabajar a sus alumnos, pero también los conquistaba inmediatamente al mismo tiempo que les enseñaba.

Aunque estaban preocupados por sus lesiones, él no dejó que hablaran mucho de ello.

—Estoy aquí, ¿no? —preguntó con brusquedad—. Vamos a trabajar.

Y aunque muchas de las chicas estuvieran encaprichadas con él y muchos de los chicos quisieran impresionarlo, él se centraba en la Física, y en hacer que cobrara vida para ellos.

Era una clase de primero, de chicos de dieciocho y diecinueve años que tenían su primer encuentro con la materia y George estaba decidido a que fuera memorable.

Sophy conocía lo suficiente del sistema universitario para saber que profesores de la categoría de George sólo aceptaban alumnos de primero si les importaban. Y a él le importaban.

Cuando un par de chicas se volvieron a mirarla de arriba abajo, él les dijo:

—Ella no da la clase, soy yo. Prestadme atención a mí.

—¿Qué hace aquí? —preguntó una de ellas.

George dedicó una sonrisa a Sophy y contestó:

—Está para asegurarse de que no me caigo redondo. ¿Verdad, cariño?

Nunca la había llamado así y a ella le dio un vuelco el corazón.

—Así es —contestó.

La clase prosiguió con George dando una conferencia sobre el tema antes de montar el experimento que seguiría.

Sophy sospechaba que ella era la única que notaba que él se agarraba al podio con tanta fuerza que probablemente se habría caído sin él.

Después de montar los objetos del experimento y dejar sueltos a los estudiantes, hubo mucho ruido de hielo y agua. Sophy pensó que George iría a sentarse, pero no lo hizo; caminó de grupo en grupo aconsejándolos y alentándolos.

Negó con la cabeza ante distintas preguntas.

—Tenéis que descubrir cosas solos. Es el único modo de poder entenderlas.

Y al fin ellos parecieron entenderlo.

Y Sophy también. Comprendió el experimento, pero sobre todo comprendió algo más sobre George.

Él era todo lo que ella siempre había creído: fuerte, decidido, trabajador, responsable. No tenía por qué estar allí, podía haberse quedado en casa. Pero no lo hacía porque su trabajo le importaba y, mientras pudiera tenerse en pie, cumpliría con él.

Cuánto tiempo pudiera ser eso estaba abierto a debate, pues en cuanto terminó la clase, él se apoyó en la pared del aula y siguió dedicando toda su energía y atención a sus alumnos. Pero mientras hablaba y escuchaba, ella vio que tenía sudor en el labio superior y notó cómo se le hundía la cara a ambos lados de la boca.

—Disculpad —dijo en el tono fuerte de la profesora de preescolar que había sido antes de que Natalie y ella fundaran juntas su negocio—, pero se acabó el tiempo.

Todos se volvieron a mirarla atónitos. Ella sonrió.

—Sólo hago mi trabajo —explicó—. Asegurarme de que el doctor Savas no se caiga redondo.

Los alumnos se disculparon enseguida y les llevaron las botellas y jarra hasta el despacho mientras ella tendía las muletas a George y esperaba a que saliera delante del aula.

Cuando llegaron al despacho, él se dejó caer en su silla, inclinó la cabeza y cerró los ojos.

–Gracias.

Sophy lo miró sorprendida y asustada. Guardó las botellas y la jarra e intentó pensar argumentos para inculcarle sentido común y volver a casa en lugar de ir al laboratorio, donde sus alumnos de postgrado trabajaban en proyectos.

En el taxi le había dicho que el curso de introducción era el único que daba en el campus. El resto de su trabajo, supervisar investigaciones y hacer las suyas propias, tenía lugar en los laboratorios del río Hudson, al norte de la ciudad. Allí era donde tenía que ir después de clase.

Sophy se sentó, cruzó las manos y esperó que empezara la discusión.

George seguía sin moverse. Pero al fin, cuando fue obvio que ella había dejado de moverse y los únicos ruidos eran del exterior del edificio, alzó la cabeza y la miró.

Sophy le devolvió la mirada, preparada para la lucha.

–¿Por qué estoy seguro de saber lo que vas a decir? –murmuró él.

Sophy abrió la boca, pero antes de que pudiera decir nada, él se levantó de la silla y la miró.

–Vámonos a casa –dijo.

Capítulo 6

ELLA lo llevó a casa, pero no a su cama. Cuando llegaron, la respiración de él era superficial y jadeante y sólo consiguió llegar hasta el sofá de la sala de estar.

–Descansaré ahí unos minutos –dijo, hundiéndose en él con el alivio de un camello que llegara a un oasis. Se desperezó, suspiró y se quedó dormido casi al instante.

Sophy miró su cara pálida y las líneas de tensión que persistían alrededor de su boca.

–¿Tú qué opinas? –preguntó a Gunnar.

El perro se acercó a la puerta de atrás que daba al jardín, luego a la delantera y miró su correa. Sophy supuso que podía sacarlo. Su paseo de la mañana había sido breve.

–Éste también será breve –dijo al perro. No quería dejar a George solo mucho tiempo.

Se cambió de ropa, dejó una nota en la mesita delante del sofá por si él se despertaba y se llevó a Gunnar a Central Park. El animal se mostró disgustado porque no le quitaba la correa, pero cuando ella corrió con él por el sendero, no pareció importarle tanto. Apenas estuvieron media hora fuera y, cuando volvieron, George daba la impresión de que no se hubiera movido.

Ella fue a buscar su portátil y volvió a la sala de estar. Así podía trabajar y vigilarlo al mismo tiempo. O, al menos, ésa era la teoría.

De hecho, pasó mucho más tiempo mirando a George. Su cuerpo apenas se había movido pero el sueño había relajado su rostro. Ahora parecía más joven, ya no tenía la venda en la cabeza y el pelo moreno le caía por la frente. Los labios ya no estaban apretados por el dolor, sino más suaves y levemente entreabiertos.

Se parecía a como era cuando ella lo había conocido. Lo cual no era bueno, porque removía en ella los mismos sentimientos, sentimientos que habían sido tan equivocados entonces como ahora. Entonces ella era la «chica de Ari», y ahora la esposa alquilada de George.

Sí, seguía siendo su esposa de nombre, pero sólo de nombre. No tenía sentido fingir otra cosa. Su matrimonio nunca había sido real, y no tenía sentido estar allí mirándolo y desear que lo fuera.

Se levantó y se acercó a la puerta de atrás.

—Vamos —dijo a Gunnar, que estaba tumbado en la alfombra al lado de George—. Necesito quemar energías.

El perro pareció entenderla; se acercó a la cesta que había al lado de la puerta de la cocina, tomó una pelota de tenis, luego otra y la miró esperanzado. Ella tomó la cesta entera y salió con Gunnar al jardín de atrás.

No supo cuánto tiempo estuvieron allí. Fue a ver varias veces a George, que seguía sin moverse, y lanzó pelotas al perro hasta que anocheció.

Y cuando volvieron a entrar, dejó a Gunnar tumbado al lado del sofá y se llevó el portátil a la cocina.

Desde allí podía oír a George si necesitaba algo. Pero no tendría que mirarlo. No tendría que recordar.

No podía permitirse desear.

George durmió el resto del día.

Cuando por fin despertó, eran casi las ocho y media. Estaba a punto de dormirse otra vez cuando Sophy insistió en que cenara algo.

Esperaba que él se resistiera porque eso era lo que hacían los hombres tercos, pero George la sorprendió.

Tomó un par de analgésicos porque la cabeza le dolía todavía, pero después se sentó en el sofá y tomó la bandeja con el tazón de sopa y el trozo de pan integral que le tendió ella.

—Puedo ir a la cocina —protestó.

Pero cuando ella le dijo que no, no discutió, sino que comió obediente. Parecía más espabilado. Terminó tanto la sopa como el pan y Sophy se quedó a observarlo.

Pero cuando se sorprendió mirándolo y deseando, se disculpó bruscamente.

—Tengo cosas que hacer —dijo—. Voy a terminar con los platos.

Volvió apresuradamente a la cocina, donde se dedicó principalmente a hacer ruido con los platos para intentar distraer su débil voluntad.

Pensó que lo estaba haciendo bastante bien, hasta que oyó ruido detrás de sí y, al volverse, vio a George de pie en el umbral con el tazón en la mano.

—Me siento como Oliver Twist —dijo él. Parecía muy adulto, muy hombre y para nada un pobre enfermo indefenso—. ¿Puedo repetir?

–Por supuesto –ella le quitó el tazón–. Podrías haberme llamado. ¿Por qué no usas las muletas?

–No puedo llevar el tazón con ellas –George se encogió de hombros–. Además, el tobillo no está roto, es sólo un esguince. La bota lo mantiene sujeto, pero puedo ir sin muletas.

–Pues no te vas a llevar el tazón con la sopa –decidió ella–. Ve a sentarte.

Pero él no se movió.

–La sopa es buena –dijo.

–Gracias –contestó ella.

George se sentó en uno de los taburetes de la cocina.

–Comeré aquí –dijo–. Te haré compañía.

Sophy se encogió de hombros.

–Como quieras.

Le sirvió el tazón y se volvió a terminar los platos en el fregadero.

–Gracias por haber venido conmigo hoy –dijo George a sus espaldas.

Ella se volvió sorprendida.

–Me ha gustado. Nunca supe bien lo que hacías.

–También hago otras cosas –comentó él.

–Seguro que sí, pero ha sido interesante. No esperaba que dieras clase a chicos de primero.

–Me gusta. Resulta gratificante. Cuando puedes lograr que alguno de ellos vea el mundo de otro modo, sientes que has conseguido algo.

–Eso lo entiendo. ¿En Uppsala enseñabas a chicos de primero?

George vaciló un momento.

–No. En Uppsala no daba clases.

Sophy parpadeó.

–¿Hacías investigación? –preguntó.

George respiró hondo.

–Pasaba poco tiempo en Uppsala.

Ella frunció el ceño.

–Ibas allí a dar clase. O al menos eso asumí yo.

–Trabajaba para el gobierno. Para varios gobiernos, en realidad. Era un proyecto internacional de alto secreto. Ni clases ni Uppsala.

Ella lo miró fijamente. ¿Alto secreto?

–¿No estabas en Uppsala? –preguntó.

–No –él abrió la boca como si pensara añadir algo, pero enseguida apretó los labios y bajó la vista a su tazón.

Sophy lo miraba desconcertada, intentando encajar aquella información en el puzle que era George.

–No tenía ni idea.

Él alzo la cabeza y la miró.

–Se esperaba que no la tuvieras.

Sophy lo comprendía así.

–No nos habrías llevado contigo –dijo, entendiendo por fin también por qué él nunca le había hablado de planes para mudarse. No había habido ningún plan.

–Yo no habría ido.

Aquello hizo que ella parpadeara.

–¿Qué?

–Si hubiéramos seguido juntos, les habría dicho que no –la mirada de él no vaciló.

Sophy movió la cabeza.

–Ahora no entiendo nada –confesó.

–Fue un trabajo que surgió antes... antes de que muriera Ari. Antes de que nosotros... –movió una mano en el aire.

No hacía falta que lo explicara. Ella sabía lo que

quería decir. Antes de que la novia de Ari apareciera embarazada y sola y necesitara que la rescatara.

Se puso tensa.

—Otra razón por la que no deberías haberte casado conmigo —comentó.

George movió la cabeza.

—No. Era cuestión de prioridades. Además, si hubiéramos seguido juntos, no habría ido.

—¿Por qué no?

—No era una situación a la que pudiera ir con una esposa y una niña. Era potencialmente peligrosa, ciertamente inestable... No un lugar para familias. No os habría puesto en peligro a vosotras.

—¡Pero te pusiste en peligro tú!

Él se encogió de hombros.

—Era mi trabajo.

El deber. Siempre y para siempre el deber.

Y ella había sido un deber más. Sophy se giró y guardó la sopa que quedaba en el frigorífico. George terminó su tazón y se lo dio.

—Está muy buena —dijo con una de sus irresistibles sonrisas—. Gracias.

Sophy la resistió.

—De nada. ¿Vas a subir ahora a la habitación?

—Creo que sí. La cabeza no me duele tanto, pero estoy agotado. Creo que quizá me he pasado un poco hoy.

—¿Puedes arreglártelas solo o quieres que vaya detrás para pararte si te caes? —preguntó ella, que bromeaba sólo a medias.

—Creo que puedo conseguirlo —repuso él—. Te llamaré si te necesito.

Sophy dejó que se fuera solo, pero eso no impidió

que estuviera atenta a los ruidos. Y se asomó a mirar la escalera un par de veces para comprobar sus progresos. Él tardó bastante, pero al fin las escaleras dejaron de crujir y ya no lo oyó más. No sabía cómo se sentiría él después de la subida, pero ella suspiró aliviada cuando él estuvo arriba.

–Vamos –dijo a Gunnar, que se levantó de un salto–. Vamos a salir por última vez.

No lo llevó a dar un paseo. Le prometió que lo sacaría al parque por la mañana y salió con él al jardín de atrás. Allí podía ver luz en el dormitorio de George y de vez en cuando pasaba una sombra delante de la lámpara.

–Tiene que tumbarse –musitó ella.

Gunnar miró esperanzado el cubo de pelotas de tenis.

–Mañana –le prometió Sophy–. Ahora vamos dentro.

Cuando entraron, apagó las luces, tomó su portátil y subió las escaleras. Gunnar se adelantó y la esperó arriba.

Ella dejó el portátil en la cama del segundo piso y subió a ver cómo estaba George.

–¿Necesitas algo? –preguntó. Y se detuvo en seco.

George estaba desnudo camino de la ducha. Sonrió.

–Puedes enjabonarme la espalda.

Sophy se ruborizó.

A George le encantaba cuando se ruborizaba.

Ella no salió corriendo. No. Se detuvo en el umbral, tocando levemente con los dedos cada lado de la puerta y dijo con lentitud:

—Muy buena idea.

Él sabía que su voz no era sensual intencionadamente. No hacía falta. Suscitó un fuerte anhelo en él. Y, desde luego, no fue ningún secreto qué parte de él encontraba más cautivadoras sus palabras.

Ahora le tocó a él ruborizarse. Carraspeó, giró con lentitud y caminó hacia el baño con aire de indiferencia.

—Por aquí —sugirió por encima del hombro.

Entró en la ducha, cerró la puerta tras él y esperó. Esperó contra toda esperanza.

Pero no le sorprendió mucho que pasaran los minutos y Sophy no fuera a abrir la puerta de la ducha y meterse con él. Empezó a ducharse con agua caliente y después apoyó una mano en la pared de azulejos debajo de la alcachofa de la ducha y la otra en el grifo y fue enfriando el agua inexorablemente.

Permaneció así hasta que ya no pudo soportarlo más. Tomó la tolla de encima de la puerta y se frotó los ojos antes de salir. Le castañeteaban los dientes, le martilleaba la cabeza y tenía todo el cuerpo rígido de frío.

—¿Se puede saber qué narices te pasa? ¡Estás azul!

George se apartó la toalla de la cara y se encontró mirando los ojos muy abiertos de Sophy.

Apretó los dientes, porque sabía que tartamudearía si intentaba hablar.

Sophy no tenía ese problema. Le tocó el brazo y frunció el ceño.

—Estás frío como el hielo.

Mejor eso que la alternativa.

–Estoy bien –repuso él–. No pasa nada.

–¡Pues claro que pasa! Yo creía que eras más listo. ¿Por qué narices tomas una ducha fría y...? ¡Oh! Volvió a ruborizarse y abrió y cerró la boca como un pez.

George sonrió.

–¡Hombres! –exclamó ella.

–Desde luego –asintió él–. Tomó otra toalla y se la puso alrededor de la cintura–. Puedes irte –sugirió–. A menos que quieras resolver el problema de otro modo.

Por un momento, pensó que ella casi consideraba la propuesta. Luego negó con la cabeza y empezó a retroceder hacia la puerta.

–Esperaré fuera –dijo–. No te caigas –se pasó la lengua por los labios–. Por eso estaba aquí –explicó–. Para cerciorarme de que no te caías.

George sonrió.

–¡Y yo que pensaba que habías cambiado de idea y habías venido a enjabonarme la espalda!

Sophy alzó los ojos al cielo y cerró la puerta con firmeza.

George se quedó un momento mirando la puerta. Movió la cabeza. Aquella mujer estaba llena de contradicciones. Se acercaba, se retiraba... Le decía que saliera de su vida, cruzaba el país porque tenía un accidente... A veces lo cuidaba como si le importara y luego se volvía fría y distante en un abrir y cerrar de ojos.

Mientras se secaba, George pensó que no era de extrañar que le doliera la cabeza. Y resultaba muy irritante haber sufrido con la ducha fría para que su efecto quedara anulado instantáneamente por la presencia inesperada de Sophy.

Se puso unos boxers y camiseta y abrió la puerta.

Gunnar estaba tumbado en mitad de la cama. Alzó la cabeza y movió la cola contento.

Sophy no estaba a la vista.

Capítulo 7

S OPHY se tumbó en la cama con la imagen de
George desnudo clavada en la retina.

¡No era justo!

Ella estaba allí para cumplir con su deber, como
había hecho él al casarse con ella. Era una responsabilidad, un trabajo para el que él la había contratado,
aunque ella no pensaba dejar que le pagara ni un cen-
tavo. Ella hacía aquello para devolverle el favor y no
quería su dinero.

Sobre todo, no quería verse tentada. No quería volver a desearlo.

Ya era bastante malo que le hubiera entregado una
vez su corazón. Cuatro años atrás había creído que su
unión podía salir bien. George, fuerte y fiable, era
todo lo contrario de su primo. Lo único que Ari y él tenían en común era algunos genes y un gran atractivo.
Pero mientras Ari lo utilizaba en provecho propio,
George no parecía ser consciente de él. Y siempre había estado a su lado cuando lo necesitaba. Siempre.

Lo había conocido cuando salía con Ari, incluso
había bailado con él en la boda de un primo suyo. Para
entonces ella estaba todavía encaprichada con Ari. Era
divertido y tenía encanto a espuertas. Se había acostado con ella y después se había ido a esquiar al oeste

y no lo había visto en un mes. Cuando se enteró de que estaba embarazada, le escribió, pero él no contestó. Y la siguiente vez que lo vio, pareció sorprendido de que ella se hubiera molestado en decírselo.

Así era Ari. Se interesaba poco por los demás... y no le apetecía nada ser padre.

Sophy captó el mensaje. De hecho, estuvo tentada de no ir a su entierro tres meses más tarde. No parecía que tuviera sentido que fuera.

Al final optó por ir porque pensó que su hijo o hija preguntaría algún día por su padre.

Aunque ya no se hacía ilusiones con él, le debía a su vástago contarle lo que pudiera del hombre que lo había engendrado.

Fue un funeral muy concurrido, por un hombre joven que había muerto antes de tiempo. Toda la familia de Ari estaba presente. La mayoría no le prestó ninguna atención. Ella era sólo una de las muchas novias del difunto. La última quizá, pero no un miembro de la familia.

Sólo George se acercó después, le tomó la mano y le transmitió sus condolencias.

Su rostro atractivo y su pelo revuelto recordaban a Ari, pero el parecido entre los primos acababa allí. Ari era bullicioso y George callado y sereno.

No hablaron mucho y ella no mencionó el embarazo. Era invierno, llevaba abrigo y no se le notaba, así que nadie de la familia se dio cuenta.

Al marcharse se sentía algo deprimida, y debió notarse en su cara, pues George la atrajo hacia sí y le dio un abrazo firme. Un abrazo que le sentó tan bien que ella deseó poder apoyarse en él y sacar fuerzas de él.

De George.

Pero, por fortuna, prevaleció el sentido común y ella se apartó con decoro.

—Cuídate —le dijo él con voz aterciopelada, más fuerte que la de Ari. Más profunda.

Sophy asintió.

—Sí —repuso con la garganta oprimida—. Tú también.

Sonrió débilmente y se alejó antes de que las lágrimas corrieran por sus mejillas.

En los días y semanas que siguieron se aferró a aquel recuerdo de George. Se dijo que era porque le recordaba a Ari, no al Ari que había sido, sino al hombre que ella había querido que fuera. Se dijo que, si tenía un niño, esperaba que se pareciera más a George que a Ari.

Pero en realidad no tenía mucho tiempo para pensar en ninguno de los dos. Daba clases en una guardería, un trabajo divertido pero agotador, y cada día llegaba a casa más cansada que el anterior. Le encantaban los niños, pero a medida que avanzaba el embarazo, acababa el día agotada.

Cuando llegaba a casa después del trabajo, anhelaba poder hablar con adultos, que hubiera alguien allí. Pero no había nadie porque unas semanas antes del funeral de Ari, Carla, su compañera de piso, había aceptado un trabajo en Florida y se había mudado.

Después de su marcha, Sophy no se apresuró a buscarle una sustituta. Estaba embarazada y quería espacio para sí misma. Su prima Natalie, la única pariente con la que estaba unida, le había dicho que fuera a California con ella.

Sophy, que era hija única y huérfana, no tenía a nadie más. Pero aunque apreciaba la invitación de Natalie, no estaba preparada para aceptarla.

–No. Mi médico está aquí; aquí voy a clases de parto. Mi trabajo está aquí. Quiero terminar el año escolar.

Pero su apartamento en el West Village era caro, y aunque le habría gustado vivir allí sola, si no se esforzaba en encontrar una nueva compañera de piso pronto, no podría pagarlo.

Puso un anuncio en la sala de profesores de la guardería y en el gimnasio donde iba a clases de preparación al parto. Tuvo varias llamadas. La mayoría no encajaban en lo que buscaba, pero una parecía factible. Una profesora de segundo curso llamada Melinda, que tenía un niño de cuatro años y un loro.

Sophy no estaba segura del niño ni del loro, pero imaginaba que Melinda tampoco estaría segura de un recién nacido, así que una tarde a principios de mayo la invitó a ir a ver el apartamento.

Acababa de guardar los últimos platos y estaba barriendo el suelo para causar buena impresión a Melinda cuando sonó el timbre de la puerta.

Miró su reloj. Faltaba media hora para la cita, pero mejor alguien ansioso e impaciente que alguien que llegara tarde o no apareciera. Además, si el apartamento no estaba inmaculado, no tenía sentido que fingiera ser lo que no era. Guardó la escoba en la alacena, sonrió y abrió la puerta.

No era Melinda.

Era George.

Sophy se quedó sin aliento. Le temblaron las rodillas y lo miró sin saber qué decir.

Él tampoco habló inmediatamente. La miró con aquellos ojos verdes suyos y ambos se sostuvieron un momento la mirada hasta que la de él fue bajando inexorablemente hacia el estómago de embarazada de ella. Sophy apretó el picaporte de la puerta con tanta fuerza que le dolió la mano, pero no se movió.

En la mirada de él no vio tanto sorpresa como curiosidad y algo que parecía confirmación. ¿Confirmación?

George apretó brevemente la mandíbula y siguió mirándola. Volvió a subir los ojos a su cara.

–Estás embarazada –las palabras también sonaban a confirmación.

Sophy se pasó la lengua por los labios secos.

–Sí.

Seguía apretando el picaporte, pero le devolvió la mirada con firmeza. No tenía nada que ocultar y era demasiado tarde para que George le dijera lo que había dicho Ari. «¿Qué vas a hacer al respecto?».

Tenía que resultar claro lo que «pensaba hacer al respecto»; pensaba tenerlo. De hecho, la cuna del bebé estaba bien visible en la sala de estar detrás de ella.

Pero él no preguntó eso. Él preguntó:

–¿Estás bien?

–Sí, claro que sí –o tan bien como pudiera estar una mujer embarazada de siete meses con una personita dándole patadas en el abdomen, dolor de espada y varices.

¿Qué quería él? Sophy vaciló en invitarlo a entrar porque en cualquier momento podía llegar Melinda con su hijo de cuatro años y su loro. Pero no podía echarlo. No quería echarlo.

–Pasa –dijo. Y abrió más la puerta.

George entró. No se sentó. Se quedó paseando por la salita aunque ella le señaló el sofá con la mano.

–¿No te sientas? ¿Quieres beber algo?

Él negó con la cabeza.

–¿Por qué no dijiste nada? –preguntó, con la mirada de nuevo en el vientre de ella.

Sophy se llevó instintivamente las manos al abdomen como si fueran un escudo. Se encogió de hombros.

–¿Decir qué? ¿«Oh, por cierto, Ari me dejó embarazada antes de morir»? ¿Por qué? ¿Para qué?

–Él es responsable.

–Sí, bueno, quizá lo era. Ahora ya no lo es. Y de todos modos, no quería serlo.

George apretó los dientes.

–¿Cómo lo sabes? –preguntó.

–Hablé con él. Se lo dije. Me contestó: «Oh, mala suerte. ¿Qué vas a hacer al respecto?».

George murmuró algo y se frotó la nuca.

Sophy lo miró.

–¿Cómo te has enterado?

–Por tu carta.

–¿Carta?

–Tú le escribiste para decírselo. La carta estaba en su mochila. La encontramos cuando por fin enviaron sus cosas a casa.

–Oh, esa carta –la que le había enviado cuando se enteró de que estaba embarazada. La carta que Ari decía no haber recibido–. ¿Estaba en su mochila? Entiendo.

O sea, que Ari ya sabía lo del bebé antes de que ella lo buscara para decírselo en persona. Como no tuvo noticias de él, temió que no hubiera recibido la carta. Obviamente, sí la había recibido, simplemente había optado por ignorarla.

A Sophy ya no le sorprendía aquello. Era típico de Ari.

Pero sí le sorprendía ver a George en su casa. ¿Qué quería?

Le dolía la espalda, así que se sentó.

George no. Seguía merodeando por su sala de estar, parándose a mirar la cuna, el montoncito de ropa de bebé que había dentro y que le habían dado sus compañeras de trabajo hacía poco.

—¿Cuándo esperas el niño? —preguntó.

—A principios de octubre.

Él la miró.

—¿Y cómo te vas a arreglar cuando llegue?

—¿Qué quieres decir?

—¿Quién cuidará de él? ¿Tienes permiso de maternidad? ¿Puedes permitirte quedarte en casa con él?

Sophy apretó los labios, preguntándose qué podía importarle a él todo aquello.

—Puedo arreglármelas.

George la miró a los ojos.

—¿De verdad?

Su mirada era intensa, magnética. Ella no podía apartar la vista. Y al mismo tiempo, no podía mentir.

—Eso espero.

Él se colocó delante de ella.

—Podemos ayudarte —dijo—. Te ayudaremos.

Sophy lo miró.

—¿Quiénes?

—La familia —él hizo una pausa—. No sólo la familia. Yo.

—¿Tú? —ella negó con la cabeza—. ¿Económicamente quieres decir? Eres muy amable. Gracias, pero...

—Económicamente, sí, por supuesto —la interrumpió él—. A tu hijo no le faltará de nada —George dijo aquello casi con impaciencia–. No sólo a tu hijo –le tendió las manos.

Sophy las tomó instintivamente y se apoyó en ellas para levantarse.

George no se apartó, así que quedaron muy juntos, tanto que ella podía ver que se había afeitado hacía poco, que le faltaba una pizca minúscula en uno de los dientes delanteros y que había puntos dorados en sus ojos verdes intensos.

–¿Entonces qué? –preguntó.

–Cásate conmigo.

Sophy lo miró con incredulidad.

–Cásate conmigo –repitió él; lo decía con intensidad y su mirada resultaba embaucadora.

Sophy tragó saliva. La sangre le palpitaba en los oídos.

–Tengo que sentarme –dijo débilmente. Se hundió en el sofá.

–¿Estás bien? –quiso saber él–. No estás bien –se acuclilló ante ella de modo que Sophy quedó mirando de nuevo sus hermosos ojos.

–Estoy bien, sólo... –¿mareada? ¿Confusa?–. No lo dices en serio.

–No tengo la costumbre de proponer matrimonio si no lo digo en serio –repuso él.

–No, no me refería a eso. Me refería... ¿Por qué? –fue casi un lamento. No pudo evitarlo.

–¿Por qué? Estás sola, esperas un hijo... un hijo de mi primo. Él no puede casarse contigo.

–Él no quería casarse conmigo de todos modos.

George movió una mano en el aire.

–Yo sí. Yo puedo –se sentó en una silla al lado del

sofá y le tomó la mano–. Yo puedo, Sophy –repitió en voz baja.

Sophy veía en sus ojos que hablaba en serio. Observó su mirada, intentando encontrar sentido a lo que sugería. Era ultrajante, ridículo. Y terriblemente tentador.

No conocía a George. Él no la quería. Apenas la conocía, así que no podía quererla. Y ella no lo quería a él.

«Pero podrías quererlo», dijo una vocecita en su interior.

Y ella escuchó esa voz.

Quizá fueran las hormonas, que se habían vuelto locas durante el embarazo. Quizá fuera lo sola que se había sentido últimamente. Quizá fuera que no quería criar a su hijo sola. O quizá la intensidad con la que la miraba George, la calidez y la fuerza de sus dedos.

Había incontables razones. Todas cuerdas, sensatas y lógicas. Razones que George decía en voz alta.

Pero Sophy sabía cuál era la que la había convencido. El tono de voz de él cuando dijo: «Yo puedo, Sophy».

Su tono le hizo creer, no sólo que podía, sino también que quería.

–No sé –musitó ella.

Los dedos de él apretaron los suyos.

–Sí sabes –dijo en el mismo tono–. Di que sí.

Y ella dijo sí. Apretó la mano de George y le dio esa oportunidad al amor. Se lanzó a ello con los ojos cerrados y el corazón bien abierto.

«Sí, tómate. Tómanos. Quiérenos. Y déjanos quererte a ti».

Se casaron dos semanas después. La ceremonia tuvo lugar en el juzgado. Obviamente, no fue una gran boda. Hubo una pequeña recepción en casa de los padres de él; principalmente familiares y principalmente de él.

De la familia de ella sólo pudo ir Laura, la madre de Natalie. A Sophy no le importó. Estaba encantada de que la familia de George se convirtiera en la suya.

Cuando pronunció sus votos, los dijo de verdad. Y cuando miró el rostro serio de George y pensó en pasar toda su vida con él, no le pareció un error, le pareció un acierto.

Casi como un sueño hecho realidad.

Por supuesto, no lo era. Pero ella podía intentar que lo fuera. Lo haría feliz, sería la esposa perfecta, y luego quizá... Una chica tenía derecho a soñar, ¿no?

Después de la boda, George se mudó a su apartamento porque estaba cerca del trabajo de ella. Nunca dijo a qué distancia estaba del suyo, pero eso no parecía preocuparle. George nunca decía mucho de su trabajo. Y cuando ella preguntaba, las respuestas eran vagas.

Captó la indirecta y no lo presionó, ni siquiera cuando el padre de él mencionó en una fiesta el trabajo que le habían ofrecido en la universidad de Uppsala, en Suecia.

Él no se lo había dicho, pero a ella no le importaba adónde fueran. Y siempre había querido conocer Suecia.

Sí hablaban de muchas otras cosas... de béisbol, arte, astronomía, comida, música, cine, libros... y el bebé.

Porque, para sorpresa de Sophy, a George parecía importarle el bebé tanto como a ella. Le hacía muchas preguntas, leía libros sobre el embarazo y la crianza y volvía a hacer tantas pregunta que ella acabó por sugerirle que la acompañara a las citas del ginecólogo.

Asistió también a las últimas clases de preparación al parto, donde la ayudaba con los ejercicios y practicaba la respiración con ella. Incluso le daba masajes en la espalda cuando le dolía y en los pies cuando pasaba mucho tiempo sin sentarse.

Y cuando al fin llegó el parto, él estaba allí a su lado, tomándole la mano; y cuando la enfermera le puso a Lily en los brazos, en su cara había una expresión que hizo creer a Sophy que quería a Lily tanto como ella, que todo iría bien.

¿Demasiado bonito para ser verdad?

Quizá sí.

Pero no al principio. Al principio todo fue maravilloso, o todo lo maravilloso que podía ser con Lily llorando a menudo por gases. Sophy desesperaba de poder lidiar con aquello alguna vez y George, aunque trabajaba muchas horas, estaba allí cuando lo necesitaba, haciéndole reír y ofreciéndole su apoyo.

Una noche estaba agotada, no le quedaba leche y Lily no deseaba comer de todos modos. Sophy no podía más.

—Déjamela a mí —le pidió George—. Tú duerme un rato.

Ella no quería ser una molestia para él, no quería complicarle la vida, pero echarse a llorar, que era la otra alternativa, no arreglaría nada. Le entregó a Lily.

Él la apretó contra su pecho desnudo, inclinó la cabeza y besó la de la niña.

—Vamos, Lily. Nos vamos a dar un paseo.

—Oh, pero... —protestó Sophy.

–Sólo por el apartamento –le aseguró él–. No estoy vestido para salir –llevaba sólo el pantalón del pijama.

Sophy sabía que no se iría a ninguna parte, pero se sentía impotente y a punto de llorar. Lily seguía aullando.

–Vete a dormir –le dijo George–. Ella estará bien. Le daré un biberón si es preciso.

–Pero...

–Tú te has sacado leche. Yo sé calentar un biberón. Duérmete, vamos.

Sacó a Lily de la habitación y Sophy los vio salir sintiéndose como una fracasada. Sabía que no podría dormir.

Oyó alejarse los aullidos de Lily y se hundió en las almohadas sintiéndose desgraciada. Se puso de lado y hundió la cara en la almohada de George para respirar profundamente su olor. Y contra todo pronóstico, se quedó dormida.

Cuando despertó, había silencio. George no estaba en la habitación y Lily tampoco estaba en la cuna. Una mirada al reloj le indicó que había dormido dos horas. Apartó la ropa de la cama y fue a buscarlos.

No habían ido lejos. Los encontró en la sala de estar. George estaba tumbado en el sofá, con el pelo revuelto y los labios entreabiertos y Lily yacía sobre su pecho desnudo con los brazos de él a su alrededor. Los dos dormían.

Sophy se quedó un rato mirándolos, admirada y enamorada de los dos.

No habían empezado como la mayoría de las familias, pero eso no implicaba que no pudieran tener un final feliz. Después de todo, ella lo amaba. Y empezó a pensar que él también la amaba a ella. Pero hasta la

noche anterior al bautismo de Lily no se atrevió a creer
que fuera verdad.

Esa noche, poco después de que Lily cumpliera dos
meses de vida, sólo al día siguiente de que el médico
le hubiera dicho que «podían reanudar las relaciones
matrimoniales», George y ella hicieron el amor.

Todo empezó de un modo muy sencillo... con gentileza y cuidado. Un masaje en la espalda como muchos otros, que pronto ya no se limitó sólo a la espalda. Las manos de él se aventuraron más lejos,
jugaron con el pelo y la nuca de ella, trazaron la curva
de su oreja, bajaron por los costados y por las nalgas...

La hicieron desearlo. Quería más. Lo quería a él.

Y cuando se volvió a tocarlo, resultó obvio que
él también la deseaba a ella.

Empezó despacio, pero el fuego no tardó en calen-
tarlo. Los besos de George, primero gentiles, se volvieron hambrientos y urgentes, y sus caricias desesperadas.
Las manos de él recorrieron su cuerpo, aprendiendo los
secretos de ella, compartiendo los suyos con ella. Cuando
ella abrió las piernas y él se instaló entre ellas, Sophy
supo que aquello estaba bien, y cuando empezó a moverse encima de ella, respondió con fervor, llevándolo
más adentro.

Y cuando alcanzaron el clímax abrazados, Sophy
conoció una sensación de plenitud que no había sentido nunca. En aquel momento comprendió cómo dos
seres separados podían volverse uno.

George y ella eran uno. Ella así lo creía.

Abrazada a él, cerró los ojos con fuerza para reprimir lágrimas de alegría. Pero no lo consiguió y roda-
ron por sus mejillas. Supo que George las probaba
cuando la besó.

Él no dijo nada; simplemente se apartó lo suficiente para mirarla.

Ella abrió los ojos y vio la expresión de su cara.

–Lo siento –dijo–. Es que... –¿Pero cómo podía explicarlo?

George le tocó la mejilla con gentileza; se puso de espaldas y yació a su lado en silencio.

–Todo irá bien. Lily despertará pronto. Vamos a dormir un poco –la abrazó y no dijo nada más.

«Todo irá bien». Ya «iba» bien. Más que bien. O eso pensaba Sophy cuando se abrazó a él.

Pero no era cierto.

El castillo de amor y felicidad eterna en el que se había atrevido a creer esa noche se derrumbó al día siguiente.

Ahora, casi cuatro años más tarde, Sophy sabía que volvía a estar en peligro.

Todos aquellos sentimientos volvían con fuerza. Tenía debilidad por George. Era guapo, encantador, inteligente y responsable. Todo lo que podía desear una mujer.

La había ayudado cuando más lo necesitaba. Se había casado con ella, le había permitido enamorarse de él y creer que él también podía amarla.

No había sido cierto.

No debía olvidarlo porque la última vez le había dolido mucho descubrir la verdad y con una vez bastaba.

No podía volver a poner en peligro su corazón.

Capítulo 8

A LA MAÑANA siguiente, ella empezó a construir un muro.

No un muro literal, por supuesto. Pero sí un muro profesional. Él era el cliente y ella la esposa contratada durante dos semanas o así. Y estaba decidida a lograr que los dos recordaran eso.

Le preparó el desayuno antes de que él bajara, le puso un sitio en el mostrador de la cocina y colocó un ejemplar del *Times* al lado del plato.

Cuando apareció, ella estaba hablando por teléfono, cosa que le venía bien. Así no tenía que conversar con él. Lo saludó con la mano, señaló la cocina y siguió hablando.

Cuando terminó, entró en la cocina y lo encontró mirando el horno abierto, donde ella había dejado el desayuno para que no se enfriara.

—¿Qué es esto? —preguntó él.

—Tu desayuno —contestó ella—. Yo tengo mucho trabajo esta mañana. Los viernes hago las facturas y preparo las nóminas. Hoy también haré colada. Voy a cambiar las sábanas. Lily llega mañana. Puede dormir conmigo.

Él se enderezó.

—Hay un dormitorio al final del pasillo del mío donde se quedan los niños de Tallie cuando vienen.

Sophy lo había visto, pero no quería que Lily estuviera en un piso distinto al suyo.

—Estará bien conmigo.

George apretó la mandíbula.

—Quizá podrías dejar que decida ella.

Sophy sonrió.

—Lo haré —ningún problema; su hija preferiría estar con ella a en una habitación extraña en una casa que no conocía—. ¿Dónde está la ropa que necesitas lavar tú?

Él le lanzó una mirada dura que decía que sabía muy bien lo que hacía ella, pero le dijo dónde estaba la ropa y se fue cojeando hacia las escaleras que llevaban a su despacho.

—¿Y el desayuno? —preguntó ella.

—No tengo hambre.

Sophy no volvió a hablar con él esa mañana. Pasó el polvo y el aspirador, fregó los platos del desayuno, después de tirar la comida que él había rechazado. La lavadora y secadora estaban en el otro extremo del piso donde él tenía su despacho y al pasar por allí lo vio trabajando delante del ordenador.

A las doce y media preparó el almuerzo y bajó a decirle que estaba listo.

—¿Qué vamos a tomar? —preguntó él.

—Tú vas a tomar un sándwich de jamón y una ensalada. Yo ya he comido —se cruzó de brazos.

Él la miró.

—¿Qué has comido tú?

Ella se ruborizó.

—Un sándwich.

—¿De jamón?

Sophy asintió con la cabeza.

George enarcó una ceja.

—¿Y una ensalada?

—Voy a estar ocupada —repuso ella—. No tenemos que comer juntos.

—¿No te pago lo suficiente para que comas conmigo?

—¡Maldita sea, George! Deja de retorcer las cosas para darles significados que no tienen.

—¿Es eso lo que hago? —él se levantó y echó a andar hacia las escaleras.

Sophy, que estaba entre ellas y él, retrocedió rápidamente para dejarle pasar.

—No, claro que no. Es sólo que...

—No tienes que explicar nada —comentó él.

Empezó a subir las escaleras. Sophy no lo siguió y, cuando subió quince minutos más tarde con una cesta de ropa seca, el plato estaba vacío y George no estaba.

Miró en la sala de estar, pero no se encontraba allí. Gunnar tampoco. No podía ser que hubiera sacado al perro a dar un paseo. Se asomó a la puerta de la calle, pero no los vio. ¡Maldición! ¿Cómo iba a cuidar de él si no le decía adónde iba?

Sonó el teléfono. Era Natalie con los detalles del vuelo del día siguiente. Le preguntó cómo iba todo.

—De maravilla —contestó Sophy.

—¿George se porta bien?

—Se ha ido.

—¿Cómo que se ha ido? ¿Tú no estabas cuidando de él?

—Sí, bueno —Sophy hundió los hombros con cierta culpabilidad—. Yo estaba haciendo la colada abajo y cuando he subido no estaba aquí.

—Pues más vale que lo encuentres. Lily está deseando verlo.

–Lily no lo conoce –protestó Sophy–. Al que quiere llevarse a casa con nosotras es a Gunnar.

–A él también está deseando verlo –repuso Natalie–. Y a ti –añadió diplomáticamente.

–Gracias.

Natalie se echó a reír.

–Te echa mucho de menos.

–Iré a esperaros al aeropuerto.

–No es necesario.

–Sí lo es –replicó Sophy con firmeza–. Tengo que preparar a Lily.

–Como quieras.

Dos horas después, George no había regresado todavía y Sophy empezaba a irritarse. ¿Qué era lo que intentaba probar?

No sabía qué hacer. No podía llamar a Sam y decirle que había perdido a su paciente y no quería preocupar a Tallie en sus últimas semanas de embarazo.

Preparó las facturas de los viernes de su negocio con Natalie y cuando hubo terminado, fue a la cocina y preparó las galletas favoritas de avena y chocolate de Lily, en parte porque sabía que su hija estaría encantada, pero sobre todo para darse algo que hacer mientras apretaba los dientes y murmuraba en voz alta sobre George.

Fregó el suelo de la cocina, dobló la ropa y subió las escaleras con la cesta. Guardó sus cosas y se acercó a la habitación de George a dejar las de él. Y se encontró con George tumbado boca abajo en su cama dormido profundamente en el colchón sin sábanas.

Lo miró incrédula desde la puerta. ¿Había estado allí toda la tarde?

Respiró hondo. Gunnar, que estaba tumbado al

lado de su amo con la cabeza apoyada en la espalda de George, la alzó para mirarla y movió la cola un par de veces.

Aquello debió de despertar a George, pues lanzó un gemido y abrió los ojos. Cuando la vio en el umbral, se dio la vuelta.

—Lo siento dijo —ella—. No sabía que estabas aquí. Creía que habías salido.

—¿Creías o deseabas? —preguntó él con voz todavía cargada de sueño. No se levantó, sino que cruzó los brazos debajo de la cabeza y la miró.

Sophy negó con la cabeza.

—No lo deseaba.

—Mejor —repuso él—. ¿Vamos a cenar juntos? Estoy muerto de hambre.

—Te comiste un sándwich...

—Se lo di a Gunnar.

Cenaron juntos con Sophy conversando de temas impersonales como el tiempo, las posibilidades de los Yankees de ganar el campeonato o las críticas de una obra de Broadway.

George la dejaba hablar; disfrutaba de la cena y la conversación.

Por supuesto, no le bastaba. Él lo quería todo.

Pero cuatro años atrás había manipulado a Sophy para que se metiera en un matrimonio que no deseaba y no iba a repetir aquello. Ella merecía algo mejor y él también. Había aprendido la lección.

O intentaba hacerlo.

Porque él la quería y ella a él no.

Amor. Lo que quiera que eso fuera.

No estaba acostumbrado a lidiar con el amor. No lo entendía; él era científico, trataba con leyes y fuerzas naturales. El amor no era una de ellas.

Y por eso apretaba los dientes y contestaba preguntas sobre los Yankees, porque el amor implicaba dejarle tomar sus propias decisiones. Tendría que haber sido más fácil. Después de todo, él era un científico, estaba acostumbrado a montar experimentos y apartarse luego para observar los resultados, no provocarlos.

Pero también era un hombre... un hombre que sabía lo que quería e iba a por ello. Eso era lo que había hecho la última vez y no había salido bien.

—¿Quieres llevar a Lily a un partido de béisbol? —preguntó de pronto.

Sophy parpadeó con el tenedor a medio camino de la boca.

—¿Por qué iba a querer yo eso?

—George se encogió de hombros.

—Pareces muy entusiasta de los Yankees.

—Pero ella es muy pequeña.

—¿Qué le gusta a ella?

Sophy sonrió.

—La playa y nadar. Le gustan los libros y que le lean. Ir al parque y jugar a los columpios. Le gustan los perros. Le gustará Gunnar.

—Ella también a él —repuso George—. ¿A qué hora llegan?

—A las tres. Iré a buscarlas al aeropuerto.

—Te acompañaré.

—Eso no es necesario.

—Quiero hacerlo —insistió él. Y era verdad.

Sophy parecía a punto de protestar, pero él no le

dejó. Terminó su chuleta de cerdo, se levantó y llevó el plato al fregadero.

—Una cena estupenda. Gracias.

—De nada. Para eso estoy aquí.

George ya lo sabía.

Pero seguía esperando mucho más.

—¿Seguro que no prefieres quedarte en casa? —preguntó Sophy a la tarde siguiente. Se disponía a entrar en el coche que había alquilado para ir al aeropuerto y George estaba justo detrás de ella—. No tiene sentido que te agotes así.

—Me vendrá bien —contestó él animoso.

Ese día no usaba las muletas y se movía con más facilidad, aunque todavía llevaba la bota.

El viaje hasta el aeropuerto era bastante largo y Sophy era muy consciente de la proximidad de él en el coche.

—No dejes que te moleste Lily —le dijo en cierto momento—. Procuraré apartarla de tu camino.

—¿Por qué?

—¿Por qué? —ella lo miró—. Porque tiene cuatro años y todavía está aprendiendo a no interrumpir. No es fácil trabajar con ella cerca.

—Nos arreglaremos —musitó él.

Sophy no estaba tan segura.

—Sobre todo, no le grites.

George abrió mucho los ojos.

—¿Cuándo le he gritado yo?

—Nunca. Pero entonces era muy pequeña.

George apoyó el brazo en la parte de atrás del asiento. Sus dedos quedaban peligrosamente cerca del hombro de ella.

–No tienes que preocuparte –le aseguró–. Me gustan los niños. Sé tratar con ellos.

Sophy suponía que aquello era cierto; después de todo, tenía sobrinos. Y era verdad que Jeremy, su vecino, era amigo suyo. Esa mañana, cuando George estaba en la ducha, había llamado para preguntar si su amigo George estaba allí y si podía salir a jugar.

–Todavía no –le había dicho Sophy–. Tiene que descansar un poco más.

La madre de Jeremy se había disculpado por molestarlos.

–Le he dicho que era muy pronto, pero él quería comprobarlo. Sentimos muchísimo que George resultara herido. Le salvó la vida a Jeremy. Si hay algo que podamos hacer por él...

Sophy había negado con la cabeza.

–Él lo hizo encantado.

Sophy suspiró en el coche y no dijo nada más. Natalie llamó para decir que habían aterrizado.

–Estupendo –dijo Sophy–. Os veré en la recogida de equipajes y George esperará en el coche con el conductor.

–¿George? –preguntó Natalie.

–Sí –colgó el teléfono–. Es demasiado largo para que vayas andando –dijo a George–. Y no has traído las muletas.

No esperó a oír nada más. En cuanto el chófer paró en la acera, salió del coche y caminó deprisa hacia las puertas automáticas. Sólo tardó unos minutos en encontrar el lugar donde Natalie y Lily esperaban su equipaje.

–¡Mami! –la niña se abrazó a ella con fuerza–. El viaje ha sido larguísimo y yo he sido buena. Bueno, bastante buena.

Sophy la alzó en brazos y enterró el rostro en sus rizos morenos. La había echado mucho de menos.

–Bastante buena, ¿eh? –murmuró. Le dio una multitud de besos rápidos y miró a Natalie, que sonrió.

–Muy buena –confirmó–. A veces un poco impaciente, pero porque estaba deseando llegar. Ah, bien. Ahí llegan ya.

Sacó una bolsa de fin de semana.

–Yo vuelvo mañana –dijo–. Pero Lily... –se encogió de hombros y sacó otra bolsa mucho más grande de la cinta transportadora–. Quería venir preparada.

Sophy miró sorprendida la enorme bolsa.

–¿De dónde la has sacado?

–Era de Christo. La usaba cuando era niño y volaba entre su madre en California y su padre en Brasil. Dice que guardaba su vida en esta bolsa.

–Y ahora es mía. Christo ha dicho que me la puedo quedar –anunció Lily–, para que pueda traer todo lo que necesito. Y he traído mis libros, mi oso, mis muñecos y...

–¡Santo cielo! –exclamó Sophy. Natalie se encogió de hombros.

–Y ropa –continuó Lily–. Y he traído a Chloe porque quiere conocer a Gunnar –estiró el cuello y miró a su alrededor–. ¿Dónde está?

–Está esperando en casa. No podíamos traerlo al aeropuerto.

Lily hizo un mohín.

–¿Por qué no?

–Porque me ha traído a mí en vez de a él –dijo una voz detrás de Sophy.

Ésta se volvió.

George estaba allí con los ojos clavados en Lily.

—Creía que ibas a esperar en el coche.

—No.

—He dicho que no necesitabas...

—Sí lo necesitaba —replicó él con firmeza.

Había una urgencia en su voz que hizo que ella lo miraba con más atención. Sus ojos tenían un brillo verde de fuego cuando añadió:

—Quería hacerlo. He esperado esto demasiado tiempo y no pensaba esperar más. Hola, Lily.

Sophy sintió que su hija se ponía tensa en sus brazos. Miró al hombre con curiosidad.

—¿Papi?

La expresión de la cara de George fue toda la respuesta que necesitaba. La niña empezó a moverse de tal modo que Sophy casi la tiró al suelo.

—¡Lily!

Pero ella no escuchaba. Tendió los brazos a George y gritó:

—¡Papi!

«Papi».

George sintió una opresión en la garganta. Y no tenía nada que ver con que su hija le apretara el cuello. Casi se tambaleó cuando la tomó de brazos de Sophy, pero se enderezó y la estrechó contra sí. Ella le dio un beso fuerte y se apretó mucho en su abrazo.

—¡Ah, Lily! —él enterró la cara en su pelo y respiró hondo. La había tenido en su vida tan poco tiempo que, cuando se hubo ido, se había dicho a sí mismo que no era posible que la echara tanto de menos.

No era verdad. Las había echado de menos a las

dos. Había sentido un vacío dentro todos los días de su vida.

—Papi —Lily se apartó lo suficiente para mirarle la cara y darle palmaditas en las mejillas. Le sonrió.

George sonrió también, con la garganta demasiado oprimida todavía para formar palabras. Le pasó una mano por el pelo moreno y rizado y lo besó. Parpadeó rápidamente para reprimir las lágrimas. Carraspeó y se sintió aliviado al ver que la opresión había pasado y probablemente podría hablar sin que se le quebrara la voz.

Acomodó a Lily en un brazo y tendió la mano a la prima de Sophy.

—Hola, soy George. ¿Tú eres Natalie? Gracias por venir —le sonrió y apretó a Lily contra sí—. Gracias por traerme a mi chica.

Y sí, su voz casi se quebró en las dos últimas palabras, pero al menos pudo decirlas.

La prima de Sophy sonrió a su vez; le estrechó la mano y lo miró con una mezcla de curiosidad y franqueza.

—Soy Natalie; encantada de conocerte por fin.

George miró a Sophy.

—¿Quieres llevar a Lily y yo llevo la bolsa? —preguntó.

Ella negó con la cabeza.

—La bolsa pesa mucho. Con el pie así, no sería fácil para ti. Yo me las arreglaré si tú llevas a Lily.

—¿Estás segura? —se sentía sorprendido y agradecido—. De verdad que puedo con la bolsa.

Sophy volvió a negar.

—No, adelante. Estoy segura.

—¿Puedo montar en tus hombros? —preguntó Lily.

George la colocó en ellos sin decir nada y reprimió un gemido cuando sus músculos protestaron.

–Lily, le duele el hombro –la riñó Sophy.

–No pasa nada –repuso George. Aquello no era nada comparado con el dolor de haberla perdido.

Pero Lily no estaba convencida. Bajó la cabeza hasta que pudo mirarlo a los ojos desde arriba.

–¿Te duele? –le acarició el pelo como si quisiera consolarlo.

–Estoy bien. Y ahora estoy especialmente bien –le dijo. La bajó más para besarle la punta de la nariz–. Porque tú estás aquí.

Sophy los miró alejarse sin atreverse ni a respirar.

–Bueno, creo que ella lo ha conquistado –comentó Natalie a su lado.

–Eso parece –sintió Sophy, intentando no parecer tan desconcertada como se sentía. Empezó a tirar de la bolsa de Lily.

–Te vas a matar haciendo eso –protestó Natalie–. Tú agarra un asa y yo agarraré la otra.

Se echó una de las asas al hombro y tomó la bolsa de fin de semana con la otra mano. Sophy hizo lo mismo con la otra asa.

–Es simpático –decidió Natalie después de un momento–. Me gusta.

–Acabas de conocerlo –repuso Sophy irritada–. Además, nunca he dicho que no fuera simpático.

–Dijiste que te rompió el corazón.

Sophy deseó no haberlo dicho.

–Quería advertirte contra los hombres Savas –respondió–. Contra Christo.

—Eso no sirvió de mucho —contestó Natalie sonriente.

Sophy lanzó un gruñido.

—No seas así. Al final salió bien, ¿no? —comentó Natalie.

—Para ti sí, pero...

—Exacto. Para nosotros sí —asintió Natalie—. Y quizá acabe bien también para ti.

Natalie señaló las dos figuras al otro lado de las puertas de cristal. Habían llegado al coche y George había bajado a Lily al suelo. La niña se abrazó inmediatamente a su pierna y se colgó de ella.

—A ella le gusta —comentó Natalie.

—Tenía que gustarle Gunnar —protestó Sophy.

—Y le gustará. Creo que le gustarán los dos.

—Sí —eso era lo que se temía Sophy.

Si Sophy era un mundo de contradicciones, su hija era un libro abierto.

Lily sabía lo que le gustaba y no le gustaba y lo decía claramente. Le gustaban la playa, el mar y los edificios altos.

—Me gusta ése —dijo cuando iban en el coche camino de la casa—. Y ése —señaló otro—. Y me gustar leer cuentos y el helado de chocolate.

—Mira ahí —le dijo George—. ¿Te gustan los caballos? —preguntó cuando pasaron por Central Park, donde esperaba una fila de carruajes para pasear a los turistas.

Lily miró y asintió con la cabeza.

—¡Mira, mami! ¡Caballos! ¿Podemos ir a montar? ¿Por favor?

—Podemos —contestó George sin esperar la respuesta de Sophy–. Pero no hoy. Hoy has tenido ya un día muy ajetreado. Iremos un día de la semana que viene.

–¿Qué día? –preguntó la niña–. ¿El lunes? ¿Podemos ir el lunes? –lo miró con avidez.

George vio por el rabillo del ojo que Sophy reprimía una sonrisa. Sonrió a su vez.

–El miércoles –dijo–. Lo prometo.

–¿Cuántos días faltan hasta el miércoles? –preguntó Lily.

Sophy se echó a reír.

–Hoy es sábado –contestó George–. Luego domingo –sacó otro dedo–. Luego lunes –otro dedo.

–Y martes y miércoles –dijo Lily. Contó también con los dedos y lo miró con desmayo–. Cuatro días es mucho tiempo.

–No tanto –le aseguró él–. Y tendrás otras cosas que hacer.

–¿Cómo cuáles?

Lily, su madre y Natalie, que iba sentada delante con el conductor, lo miraron con interés.

Obviamente, las generalidades no servirían. George intentó pensar lo que les gustaba a las niñas, pero no tenía ni idea. Hasta el momento sólo tenía sobrinos.

–Bueno, obviamente, jugar con Gunnar –dijo–. Y sacarlo de paseo. Llevarlo al parque. Está deseando conocerte.

Al parecer, el perro era distracción suficiente, pues Lily saltó en su rodilla y miró impaciente por la ventanilla.

–¿Cuánto falta? –preguntó–. ¿Cuántos años tiene? ¿Crees que le gustará Chloe? ¿Podemos sacarlo a pasear cuando lleguemos?

Las preguntas salían con más rapidez de la que George podía contestarlas. Pero lo intentaba. Y veía que
Sophy sonreía a su lado, divertida por verlo lidiar con
una niña de cuatro años.

Que sonriera.

No tenía ni idea de cómo se alegraba de tratar con
aquella niña en particular, de cómo la había echado de
menos esos cuatro años y de lo mucho que quería te-
nerlas a su madre y a ella en su vida para siempre.

Capítulo 9

SOPHY se dijo que aquello no duraría.

Sí, George se mostraba amable por el momento. Contestaba las interminables preguntas de Lily con mucha paciencia, se dejaba toquetear y abrazar y toleraba bastante bien a la niña. De hecho, más que tolerar, parecía disfrutar con ella.

Pero eso era el primer día. Las primeras horas. Y de un fin de semana.

No duraría.

George era un hombre ocupado, un físico que se sentía mucho más en casa en el laboratorio que jugando con niños. Se cansaría de la conversación de Lily y querría volver a su importante trabajo. Desde luego, trabajaba muchas horas cuando vivía con ellas y Sophy estaba segura de que seguía trabajando muchas horas todavía.

Y aunque había estado a su lado ayudando los primeros meses de la vida de Lily, no lo había hecho porque quisiera.

Lo había hecho porque se sentía obligado.

«Obligado». Sophy se repitió la palabra mentalmente y miró por la ventana el jardín de atrás, donde George enseñaba a Lily a lanzar pelotas a Gunnar. Se había sentido obligado.

Pero ya no había necesidad de que se sintiera así. No les debía nada. Nunca les había debido nada.

Tenía que procurar que él recordara eso y así, cuando perdiera la paciencia, no tendría que sentirse mal; simplemente tendría que asegurarse de que Lily no sufriera en el proceso.

—Es mucho más niñero de lo que imaginaba —comentó Natalie, a su lado. Se llevó una taza de café a los labios y sorbió de ella.

—Es la novedad.

Natalie enarcó las cejas.

—¿Tú crees?

—Por supuesto.

—A mí me parece que se entienden bien.

—Sí, pero es todo muy nuevo. Ella sólo lleva unas horas aquí.

Natalie se encogió de hombros.

—Quizá tengas razón.

—La tengo.

Natalie la miró.

—Pero tú no llevas sólo unas horas.

—¿Qué quieres decir?

—Tengo ojos. Y no me parece que George sea sólo un trabajo. Te he visto trabajar y lo sé.

Sophy se encogió de hombros.

—Tenemos una historia pasada, pero es eso, pasada.

Natalie rió.

—Sí, claro, por eso lo miras cuando no se da cuenta.

—Tuvo un accidente —contestó Sophy a la defensiva—. Tengo que asegurarme de que está bien y de que Lily no le hace daño sin darse cuenta.

—Claro que sí —Natalie desechó aquella excusa moviendo una mano en el aire—. Y por eso te mira él a ti

igual. Con deseo. Y eso no es pasado –miró a su prima–.
¿No te gustaría que saliera bien?

Sophy se encogió de hombros.

–No soy una soñadora –dijo–. Soy realista. Nos casamos por los motivos equivocados y puede que él me
desee, pero eso no significa que me quiera. Para los
hombres el sexo es fácil.

Para ella no. Ella no podía separar los sentimientos
del acto. Por eso no se había acostado con nadie desde...
desde aquella única noche con George cuatro años
atrás.

Natalie la miró sorprendida.

–Lo que de verdad me gustaría –siguió Sophy con
fiereza– es que no fuera tan encantador, porque no
quiero que Lily sufra cuando nos vayamos.

Natalie abrió todavía más los ojos, pero no dijo
nada.

Y bien mirado, ¿qué podía hacer ante un estallido
así? Sophy suspiró. ¿Por qué había dicho eso? ¿Por
qué hablaba como si le importara?

¿Por qué le importaba?

Darse cuenta de que le importaba fue como si le
hubieran dado un golpe en el esternón, la dejó sin
aliento.

¿Le gustaría que saliera bien?

Palabras inocentes que había creído podían hacerse
realidad cuatro años atrás.

Y cuando no había sido así, ella había vuelto la espalda. Había tenido que volver la espalda. Había tenido que hacer una vida para su hija y para ella; había
tenido que negarse a esperar.

Y ahora la esperanza se movía de nuevo en su interior.

Y hacía que se cuestionara su cordura. No podía ser que contemplara de nuevo en serio la posibilidad de vivir con George.

¿O sí?

No. No podía.

Pero...

Pero se encontró mirando de nuevo el jardín donde George y Lily reían juntos. Era una risa pura y franca entre dos personas que estaban en sintonía una con la otra.

Padre e hija.

No.

Lily era hija de Ari.

Pero George era el único padre que había conocido. Era él por quien preguntaba cuando hablaba de su papi. Era su foto la que tenía en la cómoda junto con la de su madre. Era a George al que había reconocido instintivamente en el aeropuerto, el mismo que no la había soltado desde que llegara.

Y él parecía sentir lo mismo.

Aquello no tenía sentido.

¿Y por qué, sabiendo como sabía las razones por las que George se había casado con ella, por qué era tan tonta como para desear otra cosa?

Seguramente Natalie tenía razón y él la deseaba todavía. Ella también. ¿Pero y qué? Ella quería más. Quería amor. Querer y ser querida.

No ser un deber. No ser «uno de los líos de Ari» que George se sentía obligado a arreglar. Las palabras que le había oído pronunciar el día del bautizo de Lily, el día en el que el mundo se había derrumbado a su alrededor.

George no se lo había dicho a ella. Pero en el bautizo, cuando había ido a buscarlo para las fotos de familia, lo que le había oído decirle a su padre lo había cambiado todo.

Ellos discutían y alzaban la voz. Socrates solía gritar, pero era la primera vez que Sophy oía alzar la voz a George. Recordaba todavía las palabras exactas de aquella conversación como si las llevara grabadas en el cerebro.

Había oído primero la voz de George. Insistía en que no quería hacer algo, algo que Socrates insistía también gritando que tenía que hacer.

Ella estaba a punto de llamar a la puerta cuando George dijo:

—¡Ya estoy harto de limpiar los líos de Ari, maldita sea! Dame una buena razón para que deba hacerlo.

Sophy se sintió como si le hubieran dado un puñetazo. Se quedó paralizada en la puerta del despacho del padre de George, incapaz de respirar, capaz sólo de escuchar.

Y oyó que Socrates le daba una buena razón. En realidad, le dio varias, todas muy racionales.

—Porque lo haces bien —le dijo—. No te lo tomas como algo personal, no exageras. Haces lo que hay que hacer y no mezclas los sentimientos en eso.

Sophy sintió la boca seca. El corazón le latía con tanta fuerza que le sorprendió que no pensaran que alguien llamaba a la puerta.

Pero no la oyeron en absoluto; simplemente siguieron hablando.

—Pues no quiero hacerlo —George ahora sonaba tan racional como esperaba su padre—. Tengo otras cosas que hacer.

No las dijo y Socrates no preguntó.

A Sophy le pareció que a Socrates no le importaba, sólo le importaba limpiar los cabos sueltos de la vida de Ari. «Los líos de Ari». Y estaba claro que George era el hombre que quería que lo hiciera.

–No te llevará mucho tiempo. No es una gran obligación –comentó Socrates. Y pasó a prometerle que aquélla sería la última vez.

–¿La última vez? –preguntó George dudoso.

–Bueno, está muerto, ¿no? –Socrates parecía exasperado–. ¿Qué más problemas puede causar?

–Más vale –contestó George–. Porque después de esto, he terminado. Tengo una vida, maldita sea. ¿O lo has olvidado?

–Claro que no –contestó su padre indignado.

–Al menos no puedes esperar que me case con ésta.

Aquellas palabras fueron como un cuchillo en el corazón de Sophy. Pero ellas le dijeron la verdad. Se había casado con ella para cumplir con las expectativas de su familia.

Todo cobró sentido entonces. El trabajo en Uppsala del que no se había molestado en hablarle... Ahora sabía por qué no lo había hecho. Porque era una parte de su vida que había puesto en compás de espera a causa de ella. No lo había mencionado porque no pensaba aceptarlo porque Ari había muerto dejándola sola y embarazada.

Necesitada. «Un lío».

Uno que podía arreglar casándose con ella. Por la familia. Por ella. Por Lily.

En realidad, también se lo había dicho así al pedirle que se casara con ella.

Le había dicho que cuidarían de ella. En plural. Su familia, no él. Ella entendió entonces que él sólo había

hecho lo que esperaban porque era el que «no mez-
claba los sentimientos», el que no se tomaba las cosas
de un modo personal, el que llegaba y hacía el trabajo
sucio cuando era necesario.

Nunca la había querido.

Ella había creído que sus acciones hablaban por él,
que al casarse mostraba cuánto le importaba y la noche anterior al bautizo, cuando habían hecho el amor
por primera vez, se había atrevido a pensar que él la
quería como ella había llegado a quererlo.

Esa noche había sido mágica para ella.

Pero a la tarde siguiente había descubierto lo equi-
vocada que estaba y había comprendido que tenía que
acabar con aquel matrimonio y enviarlo lejos. Dejarlo
libre.

Y lo había hecho.

No lo había hecho con calma ni racionalmente ni
con el distanciamiento sentimental que permitía a George hacer cosas difíciles. No. Le había dicho que se
marchara, que su matrimonio había sido un error y
que lo quería fuera de su vida.

Él la había mirado atónito, como si no pudiera creer
lo que oía. Había discutido un poco, le había dicho que
era preciso que se atuviera a razones.

Pero Sophy había insistido.

–Lárgate. Hemos terminado –había dicho entre lágrimas.

Y George había acabado por irse.

Había desaparecido calladamente de su vida, con
la misma eficiencia con la que había aparecido, dejándola vacía, hueca por dentro, más alterada de lo que
se había sentido nunca.

Pero ella se había reagrupado y había salido adelante. Había cruzado el país y se había hecho una nueva vida para sí misma y para su hija. Era una mujer fuerte e independiente que no necesitaba un hombre para sentirse completa.

Lily y ella no eran obligaciones ni deberes ni mucho menos un lío que había que arreglar.

¿Comprendía George eso ahora? ¿Tenían alguna posibilidad? ¿Tenía razón Natalie? ¿Había algo más profundo en su relación para que hasta su prima se diera cuenta?

A veces, en la última semana, Sophy había pensado que sí. Pero tenía miedo de creerlo. Aunque, ¿volver la espalda no sería de cobardes?

¿Deseaba ella que funcionara su matrimonio?

Sí. En el fondo del corazón, sabía que seguía queriéndolo todo.

Miró el jardín, donde George estaba acuclillado en la hierba con el brazo alrededor de Lily. Charlaban con las dos cabezas juntas.

Sí, lo quería todavía. Lo deseaba.

¿Pero tenía el valor de arriesgarse de nuevo?

George no supo cuándo había empezado a tener esperanza.

Quizá ésta no lo había abandonado nunca. Ciertamente, nunca se había divorciado ni se había sentido impulsado a comprometerse con otra mujer. ¡Qué narices!, nunca había pasado más allá de algunas cenas.

Pero sí supo exactamente cuándo empezó a creer que podían ser de nuevo una pareja... una familia.

Fue cuando despidieron al día siguiente a Natalie en el taxi que la llevaría al aeropuerto.

La despidieron con la mano hasta que el taxi se perdió de vista y se quedaron los tres solos.

Por un momento pareció que no había ningún ruido en todo Manhattan, fue como si todo se detuviera. Luego Lily les dio una mano a cada uno y se columpió entre ellos.

—Vámonos a casa —dijo.

George miró a Sophy por encima de la cabeza de la niña y ella le sonrió.

Él le sonrió a su vez.

—Vámonos a casa.

Era increíble, pero Sophy se sentía como si la estuvieran cortejando.

Nunca la habían cortejado. Había salido con chicos, había tenido una aventura con Ari y se había casado apresuradamente con George.

Pero hasta ese momento, nunca la habían cortejado.

Se dijo que era bobo sentir eso. Pero algo en las atenciones de George hacía que Sophy sintiera así y no podía evitarlo.

Ni quería.

Cuando preparaba la cena esa noche, George apareció con Lily en la puerta de la cocina.

—¿Cómo podemos ayudar? —preguntó.

Sophy intentó decirles que no era necesario, pero ellos no se fueron. George enseñó a Lily a pelar zanahorias y luego las cortó en pedazos para que Sophy las añadiera a las patatas y la carne en el estofado que estaba preparando.

Prepararon juntos la cena y, mientras se hacía, George

sugirió que llevaran a Gunnar a dar un paseo por Central Park.

Lily echó a correr hacia la puerta.

—¿Estás seguro? —preguntó Sophy—. Has usado mucho el tobillo hoy. ¿Y qué tal la cabeza?

—La cabeza no me duele y el tobillo no está mal. Prometo no excederme. Vamos, Sophy. No seas aguafiestas. ¿Cuántas veces surge un día tan perfecto?

Así que fueron. Ella no quería ser aguafiestas. Y él tenía razón en lo del día perfecto.

Era una tarde soleada de otoño y las hojas empezaban a adquirir maravillosos tonos de rojo y oro. Lily, poco acostumbrada a los cambios estacionales, se mostró encantada con las «hojas pintadas».

—Elige unas cuantas buenas y podrás hacer vidrieras —le dijo George.

—¿Con hojas? ¿Cómo? —Lily empezó a buscar hojas con él.

—Las queremos enteras y lo más perfectas posible —le dijo George—. Y de colores brillantes. Mi madre hacía esto con mis hermanos y conmigo todos los años. ¿No quieres ayudar? —preguntó a Sophy.

Ésta se unió a la caza y acabaron arrastrándose por el suelo, eligiendo hojas y guardando las mejores.

—Esto no puede ser bueno para tu tobillo —protestó Sophy una vez.

George movió la cabeza.

—Algunas cosas son más importantes que mi tobillo.

Al final acabaron recogiendo una docena de hojas de brillantes colores, que Sophy transportó con cuidado mientras George tiraba de la correa de Gunnar y llevaba a Lily sentada en los hombros.

Una vez en casa, vio cómo enseñaba George a Lily a hacer «vidrieras» colocando las hojas entre dos pliegos de papel de cera, extendiendo después una camiseta encima de ellas y planchándolas con una plancha templada.

—No muy caliente —explicó—. Sólo queremos que la cera de las dos capas se funda con las hojas de dentro. Ven aquí —subió a Lily a una silla y la ayudó a planchar.

Cuando terminaron, dejó la plancha en el mostrador, fuera del alcance de la niña, apartó la camiseta y sostuvo el papel encerado contra el cristal.

El sol de la tarde brilló a través de él, iluminando las hojas y haciéndolas relucir como vidrieras.

Lily aplaudió.

—¡Qué bonito! —dijo—. Mira el rojo. Y el dorado. Vamos a hacer otra.

Tenían hojas suficientes para hacer varias más. Empezaron otra. George miró a Sophy.

—No te quedes ahí parada. Ayúdame; yo no tengo habilidades artísticas.

Aquello no era cierto, pero ella apreció la invitación y se acercó a ayudar. George le pasó las hojas. Sus dedos se rozaron.

Se dijo que eso no significaba nada.

Trabajaron juntos y pronto tuvieron tres «vidrieras» más.

Y esa tarde y los días siguientes fue aumentando la sensación de que crecían juntos como una familia.

El lunes George tenía que ir al laboratorio.

—¿Vienes conmigo? —preguntó por la mañana.

—¿Te duele la cabeza?

—No mucho. Pero si eso te hace venir, me la golpearé con algo para que me duela más.

Sophy se echó a reír.

—Ni se te ocurra.

Lily y ella fueron con él en el metro hasta Hudson y, mientras él trabajaba en el laboratorio, caminaron por las calles, jugaron en un parquecito y se reunieron a almorzar con George en un restaurante con vistas al río.

—Dadme una hora más y luego venid a buscarme al laboratorio —les dijo éste.

Terminó rápidamente el almuerzo y volvió al trabajo. Sophy y Lily se quedaron viendo cómo navegaba un barco en el río y contando historias de dónde podía haber estado.

—Me gustan los barcos —dijo Lily—. Papá dice que el tío Theo tiene uno. ¿Crees que podremos ir alguna vez?

—Tal vez —repuso su madre. ¿Podrían? Una semana atrás lo habría considerado imposible; ahora, como decían los marines, quizá lo imposible podía suceder.

Cuando llegaron al laboratorio, que estaba en una casa amplia al lado del río, George las esperaba sentado en los escalones de la entrada. Tenía el maletín en una mano y algo azul, rojo y amarillo en la otra.

Se levantó sonriente y se lo pasó a Lily.

—¡Es una cometa! —exclamó la niña.

—¿Has volado una alguna vez? —le preguntó George. La niña negó con la cabeza.

—Pero las he visto en la playa. Y quería tener una.

—Pues ya la tienes. Espera sólo un momento mientras termino de montar la de tu madre.

—¿Mía? —Sophy parpadeó.

—Es más divertido con dos. Podemos compartir, ¿vale?

–Sí –contestó Sophy, más encantada de lo que quería admitir.

George montó la cometa rápidamente, ató luego las colas de las dos y los ovillos de hilo.

–¡Ahí va! –gritó Lily cuando empezó a subir la suya–. ¡Mírala!

Sophy descubrió que tenía que sujetar la suya con fuerza o la perdería.

–¿Estás seguro de lo de las dos juntas? –preguntó.

–Déjale que sujete ella ésa y nosotros volaremos ésta.

–Es muy fuerte –le advirtió Sophy.

–Ella es una niña fuerte, ¿verdad, Lily?

La interpelada alzó las manos.

–Sí, mami. Puedo hacerlo.

Sophy le pasó el ovillo y George se lo envolvió alrededor de la muñeca para que no lo perdiera y se lo colocó en la mano. Le enseñó cómo tirar de la cuerda si era preciso.

–¿Cómo lo sabré? –preguntó la niña muy seria.

–Tú sólo inténtalo. Hazlo lo mejor que seas. Siente hacia dónde la lleva el viento y confía en tus instintos.

A Lily le encantó volar la cometa. Les gustó a todos. Fue un día fabuloso. Y Lily protestó cuando Sophy puso fin a la diversión porque vio líneas de cansancio en torno a la boca de George.

–Podemos repetirlo otro día –dijo.

Cuando llegaron a casa, dejó a George al cuidado de Lily, sacó un rato a Gunnar y compró una pizza para cenar.

Cuando volvió, era casi de noche y George estaba tumbado en el sofá con los ojos cerrados. Lily se sentaba a su lado acariciándole el pelo. Alzó la vista al verla.

–Soy la enfermera –dijo–. Papá dice que esto hace que sienta mejor.

–Eres muy amable –repuso Sophy–. Ahora lávate las manos y vamos a cenar. ¿Quieres pizza, George?

Él se sentó en el acto.

–Sí, claro –echó a andar hacia la cocina. Su rostro reflejaba dolor.

–A la cama –dijo Sophy con firmeza.

–Puedo comer...

–Si quieres pizza, te la subiré yo. Sube y acuéstate. Hoy te has excedido y tienes que tumbarte.

–Pero le he dicho a Lily...

–Lily quiere cuidar de ti. Comprenderá que eso implica dejarte dormir para que te pongas bien. Vamos, vete –señaló las escaleras.

George obedeció.

Por la mañana parecía estar mejor. Incluso llevó a Lily y Gunnar al parque mientras Sophy preparaba el desayuno.

Al día siguiente, Tallie llamó para preguntar cómo estaba George y le encantó saber que Lily estaba con ellos.

–Los chicos querrán que venga a casa –dijo–. Quieren conocer a su prima. ¿Puede venir el jueves por la tarde y quedarse a cenar? Os invitaría también a vosotros, pero he pensado que así podréis pasar un tiempo a solas, ¿no?

Sophy tragó saliva. No se le pasó por la cabeza resistirse.

–Eso pude ser divertido –dijo–. A Lily le gustará mucho.

Como suponía, la niña se mostró encantada. Ya se había hecho amiga de Jeremy y era maravilloso que tuviera un amigo en la misma calle con el que pudiera jugar cuando George estaba en el trabajo y Sophy necesitaba hacer cosas en Internet o por teléfono.

Pero la idea de los primos le gustó todavía más. Nunca había conocido a ningún primo aparte de Natalie, que era mayor y no contaba. Esperó con impaciencia que llegara el jueves para que Sophy la llevara en el metro hasta Brooklyn.

Y cuando sonó el teléfono de Sophy a media mañana, Lily dijo:

—A lo mejor son ellos para decirnos que vayamos antes.

Sophy sonrió.

—Lo dudo.

—Soy Tallie —dijo su cuñada—. Tengo que pedirte un favor. ¿Puedes venir antes con Lily y quedarte con los chicos? Ya sé que no es lo que habíamos planeado, pero me temo que estoy de parto.

Capítulo 10

PUEDES ser mi «Alquila una mamá» –dijo Tallie a Sophy después de despedirse de sus hijos y darles instrucciones de última hora mientras Elías intentaba sacarla por la puerta.

–No hace falta que me alquiles –repuso Sophy–. Estoy encantada de hacerlo. Vamos, vete ya y ten un buen parto y una niña sana.

–Lo haré –prometió Tallie. Dio un último abrazo a los chicos y abrazó también a Lily–. Espero que sea tan guapa como ésta.

–Vamos, vamos –murmuró Elías, con la bolsa de Tallie en una mano y el brazo de su esposa en la otra–. Tú no quieres tener a la niña en el vestíbulo.

Tallie se echó a reír.

–Siempre es así. Un manojo de nervios. Portaos bien –dijo a sus hijos.

Y ellos obedecieron. Los mellizos se llevaron a Lily para enseñarle sus juguetes y ella fue de buen grado. El pequeño, un niño de tres años llamado Jonathan pero al que todos llamaban Digger, se quedó con Sophy y parecía preocupado.

–Todo irá bien –le aseguró ella–. ¿Quieres leer un cuento?

Él asintió muy serio; fue a su habitación y regresó con veinte libros.

–¿Todos éstos son tus favoritos? –ella lo sentó en su regazo y abrió el primero.

El niño volvió a asentir. Sophy empezó a leer. En el quinto o sexto libro, empezó a hablarle de las ilustraciones y qué personajes eran los mejores. En el décimo estaba contando la historia con ella y después del último, la tomó de la mano y dijo:

–¿Quieres ver mis camiones?

Ella lo acompañó al pequeño jardín de atrás, donde él le enseñó sus camiones en una gran caja de arena llena de agujeros profundos y túneles.

–¿Has hecho tú todo esto? –preguntó Sophy.

Digger asintió contento y le brillaron los ojos.

–El tío George y yo.

–¿El tío George excavó esto contigo?

–Al tío George le gustaba excavar. A veces vamos a la playa a excavar. Hacemos planos. ¿Quieres verlos?

–Me encantaría –Sophy lo siguió de vuelta a la casa y a la sala de estar, donde él tiró del cajón inferior de un gabinete.

–Aquí –sacó papeles que contenían diagramas simplificados de una serie de túneles y zanjas.

Sophy lo miró, asombrada y cautivada. Los dibujos eran claros y meticulosos, pero a un nivel muy básico.

–No sólo excaváis túneles –murmuró.

–A veces sí –contestó Digger–. Pero a veces se caen y por eso hacemos planos. Funcionan mejor. ¿Cuándo vendrá mi mamá a casa?

–Probablemente pasado mañana –le dijo Sophy–. Tiene que tener el bebé y luego descansar un día. Es mucho trabajo tener un bebé.

–Papá dice que yo tenía prisa. A lo mejor el bebé también tiene prisa y llega pronto.

Sophy le pasó una mano por el pelo reluciente.

—A lo mejor sí.

Pero no tuvieron noticias en toda la tarde. Cuando llegó George a las cinco, Elías no había llamado aún.

—¿No ha llamado? —preguntó preocupado.

Sophy se colocó entre él y los niños para que éstos no vieran su expresión.

—Aún no. Pero seguro que no tardará.

—¿Podemos llamarla nosotros? —preguntó Nick.

—¿O a papá? —sugirió Garrett.

—Creo que ahora están muy ocupados —les dijo Sophy—. Vuestro padre llamará en cuanto nazca el bebé.

—Vamos —intervino George—. Vamos al parque a jugar al béisbol.

Sophy fue con ellos y jugó también, decidida a asegurarse de que George no se excedía. Pero no tenía que haberse preocupado. Lily se encargó de eso.

—A mi papá le duele la cabeza cuando juega mucho rato —dijo a los chicos—. Así que sólo podemos jugar un rato corto.

—¿Por qué te duele la cabeza? —quiso saber Garrett.

George les contó el incidente con Jeremy y el camión. Los niños lo miraron con ojos muy abiertos.

—Papá es un héroe —anunció Lily con solemnidad.

George negó con la cabeza.

—Un hombre tiene que cumplir con su deber. Vamos a jugar al béisbol.

Jugaron y Sophy los miró sonriente. Cuando sonó su móvil lo sacó corriendo del bolsillo.

Era Elías.

—Es una niña. Tallie y ella están bien —le tembló un poco la voz—. Al final ha sido una cesárea de urgencia. El cordón estaba enrollado alrededor de la cabeza.

—¡Oh, Elías!

—Se estaba quedando sin oxígeno y Tallie estaba al borde de un ataque de nervios. Yo también, pero ya está todo bien.

—Me alegro. Me alegro mucho. Toma. Díselo a los niños.

Los llamó y les dejó hablar con su padre mientras ella daba la noticia a George y Lily.

—Podemos ir a verlos después de cenar —informó Nick—. Lo ha dicho papá.

A Digger le brillaron los ojos.

—Vamos a cenar —dijo.

Alethea Helena Antonides era mucho más pequeña que su nombre. Pero con ojos grandes, mejillas redondeadas, boca de capullo de rosa y una gruesa capa de pelo moreno, era una niña preciosa.

Cuando llegaron al hospital, Tallie la tenía en brazos. Sus hermanos la miraron con ojos muy abiertos y después miraron a su madre como si no estuvieran muy seguros de lo que había pasado ni de lo que ocurriría a continuación. Tallie parecía agotada pero radiante. Elías, destrozado.

—Es guapísima —musitó Sophy.

George, que tenía en brazos a Lily para que pudiera ver mejor a su nueva prima, tragó saliva.

—Sí que lo es —miró a su hermana—. Me alegro de que las dos estéis bien.

Tallie le tendió una mano y él se la apretó.

—Yo también —Lily metió su mano entre las de ellos—. Me gusta tu bebé —dijo a Tallie. Miró a su madre—. ¿Podemos tener uno nosotros?

Sophy se ruborizó. No se atrevió a mirar a George.

–Ven, Digger –lo alzó en brazos–. Seguro que quieres sentarte al lado de tu mamá y Thea.

A Digger aquello le gustó mucho. Los otros niños se acercaron también con su papá y George les hizo una foto. Lily también quería salir en ella.

–No, cariño. Es su familia –le dijo Sophy mientras George sacaba un par de fotos más.

–Pues el tío Elías puede hacer una a nuestra familia –insistió Lily–. Papá, tú y yo.

Sophy miró a George, que la miró a ella. Lily los miró a los dos y pasó a la acción. Tomó una mano de cada uno y tiró de ellos hasta la silla.

–Papá, siéntate aquí.

George obedeció. Lily se sentó en el brazo de la silla y tiró de Sophy para que se sentara en el regazo de él.

–¡George! –protestó ella.

Pero él la rodeó con el brazo y apretó su espalda contra él. Y Sophy no protestó más. Sentía el aliento de él en la nuca y las rodillas flojas.

–Sonreíd –ordenó Elías. Y sacó la foto. Miró la imagen–. No está mal –sacó otra y otra más–. Sí –sonrió a la última–. Ésta me gusta.

Cuando terminaron de hacer fotos, llegó el momento de que los niños se fueran a casa.

–¿Podéis quedaros allí esta noche? –preguntó Elías cuando se marchaban–. Odio pedíroslo, pero esta noche necesito estar aquí.

Sophy le puso una mano en el brazo.

–Me quedaré yo. George tendrá que ocuparse de Gunnar, pero...

–Iré a sacarlo y volveré –intervino George–. Tú quédate con Tallie.

Elías les sonrió agradecido.

—Llegaré a tiempo de llevar a Nick y Garrett al colegio y me traeré a Digger aquí.

—Tarda todo lo que necesites —le dijo Sophy—. Nos arreglaremos.

Se llevó a los niños a casa en un taxi mientras George iba en metro a su casa. Sophy bañó a los pequeños, dejó que los mellizos leyeran en su cama y estaba leyendo un cuento a Lily y Digger cuando volvió George con un cambio de ropa para Lily y ella. Dijo que al día siguiente tenía que salir pronto para ir a sacar a Gunnar antes de dirigirse al laboratorio, donde tenía una reunión importante.

—Me temo que te estoy cargando mucho y lo cambiaría si pudiera, pero es una reunión que fijamos hace semanas.

—No es problema —le aseguró ella—. ¿Por qué no lees tú a los niños mientras yo limpio la cocina? —estaba tal y como la habían dejado cuando salieran para el hospital después de cenar.

—De acuerdo.

Sophy aclaró los platos y los metió en el lavavajillas; lo encendió y limpió la mesa y las encimeras. Cuando terminó y subió las escaleras, todo estaba en silencio.

Digger y Lily dormían profundamente. Nick también dormía. Garrett leía todavía. A George no lo vio.

Oyó un ruido y lo vio salir del dormitorio de la parte central de la casa con ropa en las manos.

—He cambiado las sábanas de la habitación de Tallie y Elías —dijo.

Y entonces se dio cuenta Sophy de que sólo había una cama. George debió de ver algo en su expresión, porque dijo:

–No tienes que compartirla si no quieres.

–Sí quiero –ella lo miró a los ojos–. Si tú quieres.

–¡Oh, sí!

Sophy le dedicó una sonrisa temblorosa y tendió las manos para quitarle las sábanas. Sus dedos se rozaron.

–Llevaré esto abajo y apagaré las luces.

George estaba esperando cuando volvió. Había abierto la cama y dejado encendida sólo la pequeña lámpara de lectura de la mesilla.

–¿Quieres una ducha? –preguntó.

Ella asintió sin palabras.

–¿Quieres que te enjabone la espalda?

Sophy se humedeció los labios con nerviosismo.

–Eso estaría muy bien.

Y lo estuvo. Él la desvistió despacio, le sacó el suéter por la cabeza y se detuvo a besarle el cuello antes de continuar. Ella intentó abrirle los botones de la camisa y se sintió como un idiota cuando acabó desabrochándolos él.

–Lo siento –murmuró.

–Soy un impaciente –musitó él–. Ha pasado mucho tiempo.

De hecho, nunca se habían duchado juntos. Él nunca le había enjabonado la espalda. Y cuando estuvieron desnudos, no estaba claro si esa vez lo iban a hacer o si el deseo los llevaría directamente a la cama.

Hasta que George le besó la mejilla y murmuró:

–Umm, uva, creo.

Sophy se echó a reír.

–Ducha seguro.

Se metió. Por suerte, George había abierto antes el grifo y el agua estaba caliente. Como también el cuerpo del hombre que se situó tras ella, le tomó los pechos en las manos y le mordisqueó los hombros.

—Creía que me ibas a lavar la espalda —Sophy se estremeció de placer al sentir sus labios en la piel y la presión de su erección en el trasero. Se inclinó hacia él y se movió.

George gimió.

—Ya voy —murmuró. Y volvió a mordisquearla. Pero una mano abandonó sus pechos el tiempo suficiente para enjabonarle el vientre, los pechos y la espalda.

Pero lavarle la espalda implicaba apartarse, dejar espacio entre ellos. Y justo cuando ella iba a protestar, George la volvió en sus brazos y la estrechó contra sí para lavarle la espalda. Luego bajó las manos y las deslizó entre las piernas de ella.

A Sophy le temblaron las rodillas. Contuvo el aliento. Pasó las manos por el abdomen de él, acarició su pecho, su vientre plano, su sexo.

—Basta —advirtió George

Pero ella no hizo caso. Acercó la lengua a los pezones de él, le pasó las uñas por las costillas y sonrió cuando él emitió un gruñido de deseo y placer.

George se puso rígido.

—¿Qué pasa?

—Me estoy controlando —dijo él entre dientes. Sus ojos eran oscuros como la noche y cargados de deseo.

—Yo podría... ayudarte con eso —murmuró ella.

Él soltó una risita estrangulada.

—No lo hagas.

—¿No?

Él negó con la cabeza.

—Será mejor... así —se enjuagó las manos y la alzó en vilo.

Sophy lo abrazó instintivamente con las piernas y sintió que la penetraba. Contuvo el aliento.

–¿Estás bien? –preguntó él.

Sophy asintió, lo estrechó en sus brazos y él se mordió el labio inferior y empezó a moverse.

Ella le clavó las uñas en los hombros. Tenía los talones clavados en la parte de atrás de los muslos de él. Y a medida que se movían, sintió creer la tensión en su cuerpo y las palpitaciones de su parte íntima cuando los dos llegaron juntos al clímax.

Él se dejó caer contra la pared de la ducha, abrazándola todavía. Y Sophy se aferró a él e intentó encontrar palabras para expresar lo que aquello significaba para ella. Pero las palabras se perdieron en el fragor de los sentimientos. Sentía el corazón rebosante y, cuando lo intentó, cuando alzó la cara para mirarlo y sus ojos se encontraron, no encontró palabras.

Él le acarició el rostro con las yemas de los dedos y la besó en los labios.

–Hermoso.

Sí, una sola palabra. Y Sophy podía conformarse con ella.

Se aclararon el jabón y se secaron mutuamente despacio y con cuidado. Y luego George la llevó a la cama y volvieron a hacer el amor.

Sophy se lo dijo entonces, acurrucada a su lado y con la mejilla apoyada en su pecho. Él dormía ya, pero no importaba. Podría decírselo al día siguiente, podría decírselo todos los días de su vida.

Y lo haría.

George habría preferido quedarse en la cama con su esposa.

«Su esposa». Las palabras le hicieron sonreír.

Cuando sonó el despertador a las cinco y media, sonrió a Sophy, que dormía acurrucada a su lado con la mejilla apoyada en la mano. La noche anterior no había habido lágrimas; Ari no había colgado como un espectro entre ellos cuando hacían el amor. Esa vez ella era suya, totalmente suya.

Inclinó la cabeza y la besó en la mejilla. A continuación salió de la cama y entró en el baño.

Se duchó rápidamente, se afeitó, vistió y peinó, y volvió al dormitorio a ponerse los zapatos. Estaba todavía oscuro y no vio que Sophy estaba despierta hasta que ella dijo:

—Buenos días.

George sonrió.

—Buenos días a ti también.

Ella se incorporó sobre el codo y le echó el otro brazo al cuello para besarlo.

George la deseó al instante, pero sabía que no tenía tiempo. Se apartó de mala gana del abrazo.

—Tengo que irme.

Ella suspiró.

—Lo sé —ella volvió a tumbarse y George sintió que lo miraba mientras intentaba abrocharse la corbata en la penumbra—. ¿Siempre tienes que cumplir con tu deber, George?

—Más o menos. ¿No tenemos todos?

—Ari no tenía.

¿Ari? ¡Maldición! ¿Siempre iba a estar Ari con ellos?

—Yo no soy Ari —dijo entre dientes.

—Ya lo sé.

—Nunca seré Ari —continuó.

—Te casaste conmigo por Ari —comentó ella.

George respiró hondo.

–Sí, es verdad –se pasó una mano por la cara–. Y lo siento –añadió con dureza porque Dios sabía que aquello también era verdad–. No debí hacerlo.

Sophy respiró con fuerza, pero no dijo nada. No se movió ni pronunció una palabra.

George apretó los dientes, miró el reloj y vio que no había tiempo para explicar nada por importante que fuera. Se pasó una mano por el pelo, suspiró y movió la cabeza.

–Lo siento –dijo–, pero podemos hacer que esto funcione. Aunque en este momento tengo que ir a esa reunión...

Sophy alzó una mano.

–Vete –dijo con calma–. Claro que sí. Vete.

Capítulo 11

CUANDO Sophy salió con Lily de casa de Tallie, no le dijo a Elías que se iban de Nueva York. Sólo le dijo que tenía una familia maravillosa y lo afortunado que era por ello. Y si se emocionó un poco al decirlo, bueno, ese día eso era algo normal.

Elías parecía todavía cansado y claramente distraído. No notó en absoluto que a Sophy le temblaba la voz; simplemente estaba muy agradecido porque hubiera pasado la noche allí.

—Os invitaremos cuando estemos en casa y organizados —prometió—. Tallie querrá daros las gracias. Y los chicos querrán ver a Lily.

—Gracias a vosotros —repuso Sophy.

Lo vio alejarse con los tres niños, fregó los platos del desayuno y tomó el metro con Lily a casa de George.

—¿Dónde está papi?

—En el laboratorio. Tenía una reunión muy temprano.

—Y no podíamos ir con él —comentó Lily—. ¿Pero podemos ir ahora y llevarnos las cometas?

—No —repuso Sophy—. Tenemos que volver a la casa y sacar a Gunnar —respiró hondo—. Y después tenemos que volver a casa.

—Pero Gunnar está en casa —dijo la niña.

Aquello hacía aún más difícil la situación.

–No, a nuestra casa. Con Natalie y Christo. En California.

Lily negó con la cabeza.

–Ésta es nuestra casa –dijo–. Con papi.

Sophy no discutió. Probó otro ángulo.

–Es la casa de papá. Y tú puedes venir a quedarte a veces, pero no es mi casa. Y yo necesito ir a casa, Lily.

–Pero...

Sophy miró al frente y se negó a escuchar más, aunque posiblemente todas las demás personas del vagón oían a su hija. Fue un alivio llegar a su parada y bajarse.

Gunnar se mostró encantado de verlas. Lily lo dejó salir al jardín y le tiró pelotas de tenis; ignoraba a su madre porque ella no la había escuchado. No era ideal, pero era mejor que la alternativa, llevarse a Lily llorando y pataleando hasta California.

Sophy llamó a una agencia de viajes.

–Necesito dos billetes para Los Ángeles –dijo–. Sí, para hoy.

George estaba distraído.

Tenía que esforzarse por concentrarse en la reunión. Pensaba en Sophy; recordaba su noche juntos y el modo en que ella se había cerrado esa mañana.

En la reunión hablaba poco, cosa que tenía confusos a sus colegas y atónitos a los estudiantes de postgrado; al fin alguien se rascó la cabeza y dijo que creía que debían discutir el proyecto otro día.

George aprovechó enseguida la oportunidad.

–Buena idea. Hagamos eso.

–¿A qué viene tanta prisa? –murmuró Karl VanOstrander, el jefe del departamento de Física.

–¿Qué? –George guardaba ya sus papeles en el maletín.

Karl movió la cabeza y le dio una palmada en el hombro.

–Me alegra ver que eres humano.

George no sabía que hubiera habido alguna duda de eso. Asintió con la cabeza y salió corriendo.

Llamó a Sophy desde el metro pero ella no contestó. Llamó a casa de Tallie y tampoco obtuvo respuesta. Supuso que había ido a su casa, pues Gunnar necesitaba salir.

Compró un ramo de margaritas en la esquina de su casa y subió los escalones corriendo. Gunnar estaba en la entrada. Sophy y Lily no estaban.

Decidió que iría a casa de Tallie y subió a buscar ropa limpia para Sophy y Lily, pero encontró los armarios vacíos.

George los miró y movió la cabeza. Inmediatamente sintió náuseas. Ser atropellado por un camión no era nada comparado con aquello.

Ella lo había dejado otra vez.

¡Pero no podía hacer eso! Se lo había permitido una vez porque la había presionado demasiado rápido, había querido demasiado.

¿Ahora?

Se frotó la nuca para intentar paliar el dolor de cabeza, pero nada podía paliar el dolor de su corazón.

Eso sólo podía hacerlo el amor de Sophy.

A Sophy le dolía el cuello de haber pasado casi toda la noche en la cama de Lily con su hija y Chloe para evitar que la niña se pasara la noche llorando.

Que era lo que había hecho todo el día.

Sophy sabía que la culpa era suya. Tenía que haberse asegurado de que su hija supiera que su visita a Nueva York era sólo temporal. Decirlo después del hecho consumado no tenía el mismo efecto.

Lily la miraba de hito en hito o decía:

–¿Por qué tuvimos que irnos sin decirle adiós?

Y ella sólo podía encogerse de hombros y contestar:

–Porque yo necesitaba volver.

Cuando en realidad tendría que haber dicho: «Necesitaba irme». Era así de sencillo.

Y de egoísta. Por eso había prometido a Lily que podría volver pronto a ver a su padre. No dudaba de que George la quería de verdad y les vendría bien a los dos.

A Lily aquello no le pareció mucha consolación.

–Quiero a papi –había sollozado al acostarse la noche anterior–. Quiero a Gunnar.

–Tienes a Chloe, querida.

Lily había tirado a la perra de peluche contra la pared y luego había ido a recogerla, se había metido en la cama con ella y sollozado más fuerte.

–Lo superará –había dicho Natalie por la tarde–. Los niños son fuertes.

No había preguntado qué había ocurrido; simplemente las había recogido en el aeropuerto y las había abrazado. Sophy le agradecía su comprensión y la falta de preguntas. Y durante la noche, oyendo el llanto de Lily, había confiado en que su prima tuviera razón.

Salió de la cama con cuidado de no despertar a la niña, flexionó los hombros y movió el cuello. Le dolía.

Tomó una larga ducha caliente y se negó a pensar

en la ducha con George. Se lavó el pelo y se puso una camiseta y pantalones cortos limpios. En Nueva York era otoño pero en California casi siempre era verano.

Empezó a hacer café y encendió el ordenador. Pero como no consiguió concentrarse en el trabajo, bajó la tapa y miró el espacio.

Llamaron a la puerta y fue a abrir convencida de que sería Natalie.

–¿Qué narices te crees que estás haciendo? –George entró en el apartamento y la miró con ojos llameantes.

Sophy lo miró atónita. Tenía el pelo revuelto y la mandíbula con asomo de barba. También tenía los ojos inyectados en sangre; parecía tenso, dolorido y muy enfadado.

Ella nunca lo había visto enfadado y no quería verlo.

–Márchate –mantuvo la puerta abierta.

Él se sentó en el sofá.

–No pienso ir a ninguna parte –la miró desafiante–. ¿Quieres obligarme?

Ella apretó los dientes y cerró la puerta. Puso los brazos en jarras.

–Eso no debería ser necesario. No sé lo que haces aquí. Bueno, sí lo sé, pero no hay ninguna razón para ello.

Él la miró con el ceño fruncido.

–¿Lo sabes pero crees que no hay motivo? ¿Por qué estoy aquí? –preguntó con un tono de voz más normal.

Ella se encogió de hombros.

–Porque tú siempre haces lo que tienes que hacer. Hablamos de eso ayer.

–¡No hablamos de eso ayer! –George se levantó de un salto y empezó a andar por la estancia–. Lo dijiste

tú cuando yo salía por la puerta para ir a una reunión.
Yo no tuve ocasión de hablar de ello.

–Tú dijiste que te habías casado conmigo por causa
de Ari.

–Sí. Es verdad.

Ella asintió, justificada.

–Lo sabía.

–En parte –añadió él con firmeza.

Sophy frunció el ceño.

–¿Qué significa en parte?

–Significa que tú no lo sabes todo –él dudó un momento–. Me casé contigo porque Ari te dejó...

–Sí.

–Pero sobre todo me casé contigo porque quería
hacerlo. Te deseaba –hizo una pausa y la miró a los
ojos sin parpadear–. Te quería.

Sophy lo miró fijamente. Se preguntó si el dolor de
cuello le había afectado al oído. Tendió la mano y se
agarró al respaldo de la silla que tenía más cerca. Movió la cabeza y se pasó la lengua por los labios.

–No –dijo–. No lo...

–¿No lo crees? –terminó George con amargura–.
No, supongo que no. Yo no podía decírtelo entonces.

–¿Cuándo? –preguntó ella.

–Cuando nos casamos. Tú todavía querías a Ari y...

–¡No es verdad!

Ahora le tocó a él mirarla fijamente.

–Tú querías a Ari –insistió–. Tuviste a su hija. Mi
hija –corrigió con firmeza.

–Tu hija –asintió ella–. De Ari son los genes, nada
más. Pero yo no lo quería. Cuando me casé contigo,
no lo quería.

–Pero... –George no dijo nada más.

—Al principio creía que lo amaba —admitió ella—. Era encantador.

—Eso es verdad.

—Pero un hombre muy poco fiable —Sophy suspiró—. Era divertido estar con él, pero no se quedaba mucho tiempo. ¿Cómo iba a querer a un hombre que no nos quería ni a nuestra hija ni a mí?

George movió la cabeza confundido.

—Estuve a punto de no ir a su entierro —dijo ella—. Pero luego pensé que debía ir por Lily. Quizá ella quisiera que se lo contara todo cuando fuera mayor —extendió las manos—. No quería a Ari, de verdad.

George movió la cabeza.

—Pero tú lloraste.

Sophy frunció el ceño.

—¿Lloré? ¿Por Ari?

—Yo creía que sí. La primera noche que... que hicimos el amor.

Sí, ella recordaba aquellas lágrimas.

—No lloraba por Ari. Ni siquiera pensaba en él. Hacer el amor contigo fue... hermoso —dudó un momento, pero pensó que no tenía nada que perder—. Y te quería.

George no contestó. Apretó los puños y respiró hondo varias veces.

—¿Y por qué estabas tan enfadada al día siguiente? ¿Por qué me dijiste que me fuera?

—Creía que no me querías. Pensaba que yo era un deber para ti, uno de los líos de Ari que siempre tenías que arreglar.

George hizo una mueca y soltó una palabrota.

—¡No! Yo nunca...

—Te oí decirlo, George. Le dijiste a tu padre que tú siempre arreglabas los líos de Ari y que ya estabas

harto y que lo que él te pedía que hicieras sería lo último. Te oí yo misma, George.

—¿Cuándo?

—En el bautizo. Arriba. Tú discutías con tu padre
por una mujer, una de las mujeres de Ari —ella se
obligó a ser franca—. Dijiste que no podías seguir arreglando sus líos y que al menos tu padre no podía esperar que te casaras con ésa.

—¡Porque estaba casado contigo!

—¡Porque yo era uno de los líos de Ari!

—¡No! Yo no me refería a ti. ¡Por el amor de Dios!
¿Cómo pudiste pensar eso?

—¿Qué otra cosa podía pensar?

—Tú no. Tú nunca. Había otras cosas, muchas otras
cosas. Me pasaba la vida arreglando los desastres de
Ari. Cuando estaba en la universidad tuvo un accidente de coche. Era culpa suya y no tenía seguro. Su
padre había muerto el año anterior. Nosotros pagamos
las facturas, la compensación, todo. Yo me ocupé de
eso. Mi padre no podía y Theo se había ido. Ari era el
más cercano a mí en edad. Crecimos juntos. La gente
pensaba que los hermanos éramos nosotros porque
éramos los que más nos parecíamos. Y hubo también
otras cosas.

—¿Esa mujer?

George movió la cabeza.

—Sostenía que Ari le debía dinero. No, pero antes...
hubo otras cosas.

Guardó silencio tanto rato que Sophy se preguntó
si pensaba continuar, pero al fin lo hizo.

—Me pidió dinero para un proyecto y en realidad
era porque había dejado embarazada a una chica, para
pagar el aborto —la miró sombrío—. Cuando me enteré

de que estabas embarazada, me alegré de que estuviera muerto.

—Yo nunca habría...

—Lo sé. Lo sabía ya entonces. Pero no quería que tuvieras al bebé sola. Quería estar a tu lado. Desde la primera vez que te vi sentí que había una conexión, pero no podía hacer nada. Tú eras suya.

Sophy se acercó a él y lo miró a los ojos.

—Nunca fui suya del modo que soy tuya.

Se miraron y los ojos de ella se llenaron de lágrimas. George la abrazó y enterró el rostro en su pelo.

—Te quiero —susurró ella—. Te he querido desde el principio. No acepté para que cuidaras de mí, lo hice porque creía que podíamos tener una buena vida juntos los tres. Y cuando pensé que tú sólo hacías aquello por deber, supe que tenía que dejarte ir para que pudieras llevar la vida que querías.

Él se sentó con ella en el sofá, la abrazó de nuevo y le besó la mejilla.

—El deber no tiene nada que ver con lo nuestro. Nunca lo ha tenido. La vida que quería y que sigo queriendo es contigo. ¿Comprendes?

—Pero ¿y Uppsala? Ni siquiera lo mencionaste.

—Un proyecto secreto del gobierno. Y no pensaba aceptar, ya te lo dije la semana pasada.

—No me dijiste lo que era —protestó ella.

—Porque entonces tendría que matarte.

Sophy sonrió.

—¿Todavía sigues...?

—No. Ahora sólo hago cosas que te aburrirían. Pero es lo que quiero hacer... si venís a casa conmigo —la miró a los ojos—. ¿Vendréis?

Sophy sonrió; tomó el rostro de él entre las manos.

–Sí. ¡Oh, sí!

Se estaban besando cuando se abrió la puerta y llegó Lily por el pasillo.

–¡Papi!

Se echó encima de ellos, que la abrazaron.

–Esperad –dijo George. Se levantó–. Esperad aquí. Enseguida vuelvo.

Lily no parecía convencida, pero se abrazó a Sophy.

–Sabía que vendría papi –dijo.

–Eres una chica lista.

Volvió a abrirse la puerta y entró Gunnar, que se subió al sofá con ellas.

–¡Gunnar! –gritó Lily, abrazándolo.

–¿Has traído al perro? –Sophy miró sorprendida a George–. ¿En el avión?

–Es parte de la familia –contestó él. Tomó a Lily en brazos para que hubiera sitio para todos en el sofá–. Y pensé que, si no me escuchabas, Lily y Gunnar podrían convencerte juntos.

Lily miró al perro.

–Gunnar es un buen hermano –dijo–. Pero no me importaría tener uno como Digger. ¿Puedo tener un hermano como Digger, por favor?

George besó a su esposa.

–Es una gran idea. Creo que tu madre y yo veremos lo que podemos hacer.

Bianca™

Sólo contaba con veinticuatro horas para hacer que ella cayera rendida a sus pies

En medio del caos de una huelga de controladores en el aeropuerto, el soltero más cotizado de Madrid, Emilio Ríos, se tropezó con un antiguo amor, Megan Armstrong. En el pasado, Emilio se había doblegado a su deber como hijo y heredero, y se había casado con la mujer «adecuada», renunciando a Megan, que no era tan sofisticada.

Alejarse de ella había sido lo más difícil que había hecho en su vida, pero ahora que era libre, no iba a perder ni un minuto.

Libres para el amor

Kim Lawrence